Crónicas de la Era K-pop

Crónicas de la Era K-pop

Primavera de plástico y café latte en Corea del Sur

FERNANDO SAN BASILIO

IMPEDIMENTA

Primera edición en Impedimenta: abril de 2015

Copyright © Fernando San Basilio, 2015
Copyright de la presente edición © Editorial Impedimenta, 2015
Juan Álvarez Mendizábal, 34. 28008 Madrid

http://www.impedimenta.es

Diseño de colección y coordinación editorial: Enrique Redel
Maquetación: Cristina Martínez
Corrección: Susana Rodríguez

ISBN: 978-84-15979-62-3
Depósito Legal: M-11082-2015
IBIC: FA

Impresión: Kadmos
Compañía, 5. 37002, Salamanca

Impreso en España

Impreso en papel 100% procedente de bosques gestionados de acuerdo con crite-
rios de sostenibilidad.

El café se convierte en el producto alimenticio más consumido en Corea del Sur, por delante del arroz blanco o el kimchi, según datos del Ministerio de Agricultura y Alimentación.

—The Korea Herald

El actor Lee Dong-jae abre su propia cafetería, Roasters Lab, en la zona comercial situada junto al Ayuntamiento de Seúl.

—Korea Joongang Daily

Empecé a hacer latte art (diseños creados en la superficie de los cafés con leche) para ligar con chicas, pero ahora no sabría hacer otra cosa.

Kim Jin-kyu, ganador del campeonato
nacional de baristas de Corea.
—Korea Joongang Daily

Seúl se convierte en la ciudad del mundo con mayor número de Starbucks (284 locales).

—The Korea Times

Artista convierte el clásico vaso de Starbucks en un ser multifacético: el ilustrador Soo Min Kim, de Seúl, ha adquirido el extraño pero divertido hábito de transformar la sirena icónica de los vasos de papel de Starbucks en personajes mundanos y fantásticos.

—UPSOCL

Cuando un pájaro vuela con un pelo de un hombre sujeto en el pico, ese hombre sueña que vuela.

—ZHANG HUA

El autor expresa su agradecimiento a Toji Cultural Foundation, a la ciudad de Wonju (provincia de Gangwon, Corea del Sur) y a Begoña Rodríguez, de Zhu Zhu Producciones.

I.

LEE JAE EUN, UNA CHICA OCUPADA

Lee Jae Eun estudia Terapia Ocupacional en la Universidad Yonsei y está metida en un club estudiantil donde hace música junto a un grupo de amigos instrumentistas y ella se ocupa de cantar. Su canción favorita es *Skyfall*, de la cantante inglesa Adele. La semana pasada, en clase de Inglés, deslumbró a sus compañeros y a su profesora Olivia con una presentación sobre España. España: país de la pasión y el romanticismo. A Jae Eun le gusta lo que hace —lo que estudia— y considera que su trabajo puede ser algo interesante —su futuro trabajo— y útil para los demás y eso le hace sentir bien pero se pregunta si será bastante para ella, dado que siente verdadera admiración por la manera en que los artistas —los músicos, los pintores, los escritores— viven su vida: «una manera apasionada». Además de estudiar

Terapia Ocupacional en el campus que la Universidad Yonsei tiene en los alrededores de Wonju, Jae Eun da clases de apoyo a estudiantes de secundaria y todavía encuentra tiempo para trabajos de fin de semana como el de azafata de congresos en la Feria Internacional del Café de Seúl. «Soy una chica ocupada», dice mientras se echa para atrás la media melena y la ciudad de Wonju desaparece tras las ondulaciones de la carretera. Hemos llegado hasta el campus en taxi. La Universidad Yonsei tiene suscrito un acuerdo con una compañía de taxis de Wonju en virtud del cual los estudiantes y profesores pagan solo media carrera. Si el taxista empezaba a hacer preguntas, yo tendría que hacerme pasar por estudiante de la universidad. Le he dicho a Jae Eun que preferiría pasar por profesor, dado que ya había sido estudiante de universidad y no había sentido nada especial.

—Así que quieres ser profesor.

—Sí, profesor de liderazgo o algo por el estilo. Eso me gustaría mucho.

—Oh.

Pero el taxista ha cogido el dinero —¡bien hecho, amigo!— y no ha preguntado nada.

—Esto es Yonsei.

Yonsei es un pequeño mundo sumergido en lo más profundo de un valle arbolado, mullido y abundante. El campus consta de seis o siete edificios y un auditorio con muchos locales para que los estudiantes hagan música y celebren todas esas reuniones de estudiantes universitarios, además de un pabellón de servicios con una librería, una papelería, una oficina de correos, dos cafés y un banco. Hay campos de fútbol, de béisbol y de baloncesto, una pista de atletismo y residencias universitarias de ladrillo rojo y un comedor de precios simbólicos. La comida del comedor para estudiantes de la Universidad Yonsei, pese a ser estrictamente coreana —algas, arroz, kimchi, carne, kimchi, arroz, algas— tiene ese aire común a la comida de todos los comedores universitarios del mundo. Toda la comida de todos los comedores académicos, todo ese rancho académico, participa de una misma cualidad que la dota de entidad corpórea: la materia común a todas las cosas o en este caso a toda la comida universitaria (materia troncal). Afuera de este comedor hay un porche con bancos de picnic y tablas de madera donde los estudiantes dejan las sobras de su comida para que se las coman los gatos, que a cambio se dejan manosear por cualquiera.

—La Universidad Yonsei es amiga de los gatos —dice Jae Eun.

Después de comer damos un salto hasta el pabellón de servicios y nos acomodamos en el café Grazie, pequeño y recoleto, casi inexistente. El interés de Jae Eun por España no es flor de un día y va más allá de la presentación que ha preparado para la clase de Inglés: ¿qué lengua hablamos en España? En España se habla la lengua de la pasión y del romanticismo, de momento. Pero a mí me interesa la opinión de Jae Eun —una chica ocupada además de una joven de su tiempo y una voz autorizada en tanto que azafata de congresos en la Feria Internacional del Café de Seúl— sobre el fenómeno de las cafeterías en Corea. Ella no lo contempla en tanto que fenómeno global que afecta a toda la sociedad coreana sino de manera parcelaria, y considera que cada franquicia es un mundo. Entre todas ellas, Jae Eun se queda con Paris Baguette.

—¿Paris Baguette? ¿En serio?

Resulta que Jae Eun se considera a sí misma —¡bien hecho, Jae Eun!— una chica con estilo y, en este caso, el autoconcepto de Jae Eun parece coincidir con el concepto que los demás tienen de ella. Las cabezas de los estudiantes —chicos y chicas— de Yonsei se vuelven para observar mejor a Jae Eun, que se ha hecho con unas medias rotas en una tienda de segunda mano del barrio de Hongdae, en Seúl, y se ha comprado unas botas Dr. Martens verde botella y lleva encima una rebeca de nudos gruesos que le llega por las rodillas, más abajo que la falda. Han pasado dos amigos por delante de nuestra mesa del café Grazie y Jae Eun les ha hecho parar y luego se ha levantado y ha dado una vuelta sobre sí misma para que admirasen sus botas nuevas, pero ellos se han interesado sobre todo por las medias. «¿Son nuevas también?» Jae Eun ha meneado la cabeza y después ha dicho:

—¡Mis amigos son tan tontos...!

De modo que Paris Baguette no es lo que uno podía esperar de ella. Como no quiero ofenderla, le digo que algunos Paris Baguette no son verdaderas cafeterías, lugares donde pasar la tarde, dado que no hay mesas ni sillas, sino meros despachos de bollería, panadería y todo lo demás. «Eso demuestra que son lugares verdaderamente buenos, son lugares auténticos a los que la gente no va para pasar el rato sino para llevarse algo bueno a casa.» Veo que no vamos a llegar a ningún acuerdo en este asunto. En mi opinión, la panadería, el despacho de pan, resta categoría y sobre todo calidez al café. Y los locales de Paris Baguette en los que hay servicio de cafetería y sillas no son ninguna maravilla y son tan acogedores como puede serlo la sandwichería Rodilla de la estación de autobuses de Méndez Álvaro. ¿Y qué hay de Angel-in-us Coffee?, ¿acaso no es un sitio con estilo? Jae Eun hace un mohín de coquetería y junta los brazos y mueve las manos como un patito que aletea: es una referencia a las alas de los angelitos de la imagen corporativa de Angel-in-us Coffee. En realidad son angelotes. Las puertas de la mayoría de estos cafés tienen por tirador unas alas de ángel del tamaño del ala desplegada de una gaviota. Las sillas están bañadas en algo que parece pan de oro y el olor a café hace que se le dilaten a uno las narices. Le digo a Jae Eun que una diseñadora española ha firmado un contrato con Angel-in-us Coffee para ocuparse de la nueva imagen corporativa —no es exactamente así, lo que ha hecho esta diseñadora española ha sido ilustrar algunas tazas y cojines que luego se venderán en los locales de Angel-in-us Coffee— y ella muestra una amable indiferencia. Es verdad que este asunto de la diseñadora española —el país de la pasión y del romanticismo, después de todo— no era más que un dato para dejar caer en la conversación y, como tal, desaparece en cuestión de segundos. «Firenze también tiene mucha clase.» «¿Firenze? Creo que no lo conozco.» Que yo no conozca las cafeterías de la cadena Firenze no significaría nada porque hay cafeterías por todas partes, cada día que pasa descubro una nueva y además se da un fenómeno que me gustaría comentar con Jae Eun. Algunas cafeterías son negocios particulares en los que se pretende dar la idea de que aquello forma parte de una cadena.

—Ahora que lo dices, es posible que Firenze no sea una cadena. Hay uno en Ansan, junto al intercambiador de transportes. Yo soy de Ansan. Pero una cosa está clara: Firenze tiene clase.

Ansan es una ciudad de segunda situada a treinta kilómetros de Seúl y casi en su área metropolitana a la que, de hecho, se puede llegar en metro o en tren de cercanías. No es lo que suele llamarse un lugar con encanto, aunque se asome al mar Amarillo, y tiene un pequeño problema de autoestima.

—La gente en Ansan —dice Jae Eun— es buena; lo que pasa es que, en fin, en Ansan hay gente de todo tipo y no todos son coreanos. No sé si me entiendes.

Hay muy pocos inmigrantes en Corea y casi todos ellos —kazajos, rusos, indios, bangladesíes, chinos: gente de todo tipo— están en Ansan. Por supuesto, me apresuro a decirle a Jae Eun que he entendido. Todos los días, mucho antes de que despunte la aurora, el padre de Jae Eun la deposita en el intercambiador de transportes de Ansan y ella coge un autobús que la lleva hasta Wonju, lo cual supone una hora y media en el mejor de los casos, y luego se sube en uno de los tres autobuses urbanos que hacen parada en el campus de la Universidad Yonsei —líneas 30, 31 y 34: media hora más o menos— salvo cuando llega tarde o tiene el capricho de ir en taxi, lo cual le supone un desembolso extra de tres o cuatro mil wones.

Aunque frecuenta ciertos cafés en los que un —o una— saju (no es exactamente un adivino) le dice, después de hacer una serie de combinaciones con los cuatro pilares de su destino, lo que ella quiere saber acerca de su futuro más o menos inmediato, Jae Eun sabe que eso no son verdaderos cafés. La semana pasada, una saju que pasa consulta en un café cerca de la estación de autobuses de Wonju le dijo a Jae Eun que tendría más de cuatro hijos, pero esa misma saju le había dicho al novio de Jae Eun que tendría dos hijos solamente, lo cual hace sospechar que el destino de ese muchacho, estudiante de Administración de Empresas en Yonsei, y el de Jae Eun no están sellados ni mucho menos.

—Pero cuando dos personas se quieren todo es posible, ¿no te parece?

Cuando quiero darme cuenta, Jae Eun está enseñándome las maravillosas instalaciones de la Universidad Yonsei en su campus de Wonju. La capilla, el anfiteatro con grada de hierba, los campos de deporte. Me siento como un padre en el trance de elegir colegio privado para sus hijos (Yonsei es una universidad privada, además de cristiana).

—También tenemos un lago —dice Jae Eun.

Pero el lago estaba allí antes que la universidad. Es el campus el que se asoma a un lago. También hay un río, que de hecho va a dar al lago y ahora es un cauce seco lleno de piedras y juncos amarillos, pero, al final del verano, cuando haya pasado la temporada de lluvias, correrá caudaloso y abundante hacia su destino. Cuando salgo de la pequeña galaxia Yonsei, me doy cuenta del mucho tiempo que me ha dedicado Jae Eun, pese a ser una chica ocupada, y me pregunto si se lo habré agradecido bastante y, también, si la habré molestado o aburrido con mis preguntas acerca del fenómeno de las cafeterías en Corea y por supuesto no encuentro la respuesta.

Fernández en el centro del mundo

Fernández se deslizó por entre los pasillos de la Gran Feria Internacional del Café de Seúl, en un centro de congresos del tamaño de una capital de provincias llamado Coex, en el distrito de Gangnam, y a los cinco minutos le pareció que ya lo había visto todo, aunque eran miles de metros cuadrados de especialización: empresas distribuidoras de café, fabricantes de mobiliario para cafeterías, mayoristas de bollería y muchas máquinas para hacer café que parecían alambiques. Los corredores de café hundían la mano en las sacas de cuerda y removían los granos, levantaban un aroma avasallador y susurraban topónimos de gran capacidad sugeridora. De entre los profesionales del sector, destacaban, como tragasables y comedores de fuego en un mercado persa, los llamados baristas, que hacían demostraciones para un público admirado: había un barista ciego que manejaba la jarra de leche con pulso de cirujano y dibujaba corazones de nata y hojas lanceoladas en lo alto de los cappuccinos y, además de guiarse por el olfato —movía la nariz todo el tiempo—, parecía trabajar de oído porque no miraba a la taza —obvio— sino al frente y con la cabeza ladeada.

—*Incredible!*

Pero este barista estaba fuera de concurso, dado que había un concurso o Campeonato de Superbaristas en un pabellón para eventos especiales. Los baristas competían por parejas en una cocina de atrezo y tenían que preparar un espresso, un cappuccino, un caramel macchiato y un café irlandés para un jurado de cuatro personas. Había un público apretado de estudiantes de hostelería y curiosos y se respiraba una cierta tensión dramática. Fernández forzaba conversaciones con profesionales del sector y casi todas las respuestas que obtenía incluían la palabra negocio: oportunidad de negocio.

—Hmmm.

Y eso fue todo. Abandonó la feria y luego la gran mole del centro de exposiciones Coex y una vez en la calle le pareció que el mundo se abría en una tarde estallada de neones, y empezó a caminar sin cuento, mundo adelante, y atravesó un barrio residencial, un mercado de repuestos de automóvil, un parque con dos lomitas y muchos columpios para que la gente hiciera gimnasia. Bordeó un nudo de autopistas, se asomó al río Han y se sentó en un banco hecho con listas de madera. Sus párpados se confundían con la raya del horizonte —una barcaza navegaba despacio— y sus pensamientos flotaban ya entre los rizos de espuma sucia cuando un par de pájaros de colores empezaron a volar por encima de su cabeza. Estos pájaros dibujaban en el aire unas formas caprichosas, casi irritantes, y cuando Fernández comprendió que en realidad eran cometas que dialogaban entre sí, estuvo tentado de seguir los hilos que lo llevarían hasta unos muchachos, los cuales a su vez lo llevarían a otro sitio, pero no lo hizo y prefirió profundizar en ese dulce estado de pereza. Un rato después, Fernández siguió el curso del río hasta regresar al corazón de Seúl y se metió en un café de la cadena Ediya: *Always by your side.* Le atendió una muchacha diminuta, con los dientes muy separados y el pelo partido en dos mitades exactas. Antes de teclear cada orden en el ordenador se llevaba un dedo a la boca y lo hundía en los espacios interdentales. Detrás de ella, otro empleado desmontaba un grifo monomando siguiendo las instrucciones de un vídeo tutorial que veía a través de su teléfono móvil. Era un local pequeño, una isla de luz artificial y precios razonables con seis o siete mesas de conglomerado y casi todas estaban ocupadas por personas solas. Había un soldado de infantería que sorbía un batido y emitía una serie de ruiditos emocionantes. Había un probable vendedor a plazos que se sujetaba la barbilla con las dos manos y, a su izquierda, recortada contra una pared de ladrillo visto, una dependienta de grandes almacenes que leía una revista y se alisaba la falda todo el tiempo. Fernández ocupó una mesa junto al cuarto de baño y apoyó la cabeza contra esa pared de ladrillo visto que al final era papel pintado —verdadero papel pintado— y se derramó un poco de café encima de la pechera y, antes de quedarse dormido, pensó: «Esto es el centro del mundo ahora». Dos horas después, el centro del mundo se desplazaba a un pequeño restaurante llamado El Cerezo Azul, en el barrio de Apgujeong, donde los organizadores de la Feria Internacional del Café invitaron a cenar a Fernández y a mucha otra gente. Los invitados a la cena de El Cerezo Azul se repartieron en mesas corridas y casi a ras del suelo. Fernández, arrodillado y frente a unas tiras de carne cruda, conocerá a muchos profesionales del sector —tratantes de café, decoradores, maestros tostadores y baristas de campeonato— con los que mantendrá conversaciones formularias pero emocionantes pues a fin de cuentas estaban en el restaurante El Cerezo Azul, en Seúl. No comieron fideos de ningún tipo y esto desconcertó a Fernández. Había también un reportero belga de melena transparente y nariz puntiaguda que se sacaba hebras de la boca todo el tiempo.

—Esto no es interesante para mí —dijo el belga. Su mirada pasaba por encima de las personas y las cosas hasta hacerlas desaparecer—: Yo ya he estado en Corea muchas veces, yo he venido solo porque me traían en avión. Tengo otros planes, quiero escribir un gran libro reportaje y pasar a Corea del Norte. Esta cosa transparente es soju y esto es makgeolli. Las dos te destrozan el cerebro. Esto es kimchi: hay muchas clases de kimchi. Corea es el país de los cuartos de baño públicos. Hay un cuarto de baño en cada portal, y en muchas estaciones de metro. Esto también se come, todo lo que hay en la mesa es para comer. Si no, no lo pondrían. Ahora nos van a proponer una excursión.

Se levantó una mujer coreana con la boca muy fina y un bucle que le flotaba sobre la frente y habló durante cinco minutos en nombre de la Agencia Favorecedora de la Internacionalización de la Economía Coreana y de su director, que permaneció acuclillado en el suelo, asintiendo de manera periódica y apretando mucho los labios. La mujer mezclaba frases en inglés con palabras en coreano y movía solamente el brazo izquierdo cuando hablaba. La Agencia Favorecedora de la Internacionalización de la Economía Coreana quería dar la bienvenida a todo el mundo, la Agencia Favorecedora de la Internacionalización de la Economía Coreana estaba muy agradecida y había proyectado una serie de excursiones como actividad complementaria a la Feria Internacional del Café.

Las azafatas hicieron rodar unas hojas de inscripción para que los invitados expresaran sus preferencias: una expedición a la zona desmilitarizada o frontera con Corea del Norte, un recorrido por las calles de la antigua ciudad imperial de Jeonju o una visita a una piscifactoría en la isla de Daebu.

Acabada la cena, Fernández y otros cuantos como él se pusieron en manos del reportero belga, que los guio por un laberinto de calles llenas de restaurantes de carne quemada, tiendas que nunca cerraban y bares con letrero fluorescente: miles de letreros fluorescentes. El belga se abría paso a manotazos entre apretadas columnas de jóvenes con flequillo. Entraron en muchos bares muy parecidos entre sí. Se sentaban, se volvían a levantar. Era una actividad inconsistente, vacía, pero cada vez que salían a la calle otra vez, una gran bomba de luz les estallaba delante de las narices y Fernández pensaba: «La noche fluorescente: ¡ajá!».

—La noche en Asia es distinta a cualquier otra cosa —dijo el belga—. Hay que pedir siempre cerveza de la marca Cass porque es la cerveza local y por tanto es más barata. El pulpo vivo no sabe a nada, hay que echarle una salsa picante. Para ir a Corea del Norte hay que entrar por la frontera china.

—Entiendo, entiendo: he entendido.

2.

CAFÉ PARA TODOS O
LA REDISTRIBUCIÓN DEL LUJO

Creo que Yoo Jong Sang es un cínico, pero con los cínicos nunca se sabe.

—Corea es un país de falsos contrastes —dice Yoo Jong Sang.

Cuando alguien —un escritor de libros de viajes o un redactor de la sección Planes y Escapadas para el Fin de Semana o incluso un amigo— nos sorprende con la noticia de que cierta ciudad es una ciudad de contrastes tenemos todo el derecho a enfadarnos y sin embargo no debemos hacerlo porque, como suele decirse, enfadarnos no cambiará las cosas. Solo cambiará nuestro estado de ánimo: antes no estábamos enfadados y ahora sí lo estamos. También los países, los continentes y los subcontinentes son a menudo lugares de contrastes. La India, un subcontinente de contrastes. Dado que solo se vive una vez o al menos esta vida solo la vamos a vivir una vez, sería absurdo que la malgastáramos con historias acerca de países o ciudades de contrastes, pero también sería una lástima enfadarse por algo así. Enfadarse no va a mejorar las cosas. De modo que si alguien, desde lo alto del café más refinado de todo Seúl, se sorprende al ver —por ejemplo ahora mismo, desde la segunda planta de este copetudo Coffee Smith— a una cartonera de setenta y cinco años que tira de un carro enorme y atraviesa una avenida de cuatro carriles sorteando coches de gama alta y matrícula diplomática, será mejor que se lo piense dos veces antes de apresurarse a hablar de una ciudad de contrastes o incluso de un barrio de contrastes. En cuanto a las personas que se vean obligadas a escuchar aquello, mejor será que se lo piensen también dos veces antes de empezar a enfadarse. Pero los falsos contrastes son otra cosa. Yoo Jong Sang, experto en Neuromarketing y Comportamiento del Consumidor, consultor y conferenciante trotamundos, estira las piernas, hincha el pecho y sorbe su café moka latte o mocaccino —un tercio de espresso, dos tercios de leche vaporizada y chocolate a discreción— con los ojos cerrados. Placer. El contraste —el falso contraste— al que se refiere Yoo guarda relación con el precio de las cosas, por ejemplo el precio de un mocaccino en un establecimiento como Coffee Smith y el de un plato de carne con arroz y verduras en un restaurante de barrio. Es algo que llama la atención de cualquiera y me ha parecido una buena manera de empezar la conversación. Yo señalo el contraste —un país de contrastes, un barrio de contrastes— y él menea la cabeza y sonríe beatíficamente en lugar de enfadarse.

—En realidad no hay ningún contraste: es el mismo precio.

Digamos cuanto antes que Coffee Smith está ubicado en el área de Garosugil, en el barrio de Sinsa o Sinsa-dong y por tanto en el distrito de Gangnam. Estamos en una maravillosa mañana de primavera y, a la salida de la boca de metro de Sinsa, el viento mece las copas de los árboles y los pájaros chillan suspendidos en las ramas y por la calle se desliza, suave y eléctrica, la furgoneta de un vendedor de ajos. ¡Pero basta ya de antecedentes! Coffee Smith es el lugar en el que hay que estar ahora y, como suele ocurrir en este tipo de sitios, una vez que estás allí (una vez que has llegado), comienza la cuesta abajo y lo más normal es acabar un poco deprimido.

Yoo Jong Sang dice lo siguiente: «Los coffee shops son los lugares más cómodos de Corea y es inevitable que la gente se pase aquí dos horas aunque hagan una sola consumición». Yoo ha barrido el Coffee Smith con el brazo y su mano ha planeado sobre el foso que nos permite ver lo que pasa en la planta baja. Parece alguien verdaderamente poderoso, arrellanado en su sillón de orejas, con capacidad para decidir sobre la vida de la gente o llevar a una empresa a la quiebra de un simple manotazo. Uno de los factores determinantes para esa atmósfera agradable de las cafeterías es la música callada, casi imperceptible, que sale de los altavoces: jazz amable y ligero y por lo general instrumental.

—Pero eso es algo que solo preocupa a los que no entienden la verdadera naturaleza de este negocio.

Alguien que tal vez no acaba de entender la verdadera naturaleza de este negocio (yo) le ha preguntado a Yoo por la posibilidad de bajar los precios del café, de forma que la gente no se eternice en estos locales para amortizar los cinco mil wones. Además, aunque imagino por qué lo hacen, creo que si siguen subiendo el precio del cappuccino llegará un momento en que nadie podrá pagarlo. Yoo ha hecho una mueca de disgusto después de escuchar esto, lo cual demuestra que lo he decepcionado, y me pregunta si estoy preocupado por la rentabilidad de las cafeterías en Corea. «El precio no tiene nada que ver y el café es lo de menos —dice Yoo— y es más importante el olor a café que el café.»

Este Coffee Smith es el café con los techos más altos que he visto en mi vida. La superabundancia de gorras de béisbol y de expectativas genera una sobrecarga de electricidad estática que deriva en un ambiente sofocante. Todo el mundo mira a todo el mundo y casi todo el mundo lleva gorra de béisbol, y unos y otros consiguen que te sientas mal solo por estar a su lado. Pero Yoo Jong Sang es un cínico redomado y esas cosas no le afectan en absoluto. Aspira fuerte y le tiemblan las aletas de la nariz. Lo hace (creo) para trasladarme la idea de confort. El olor a café de todos estos lugares —yo también me he dado cuenta— funciona como un gran factor de creación de atmósfera, los empleados se pasan el día removiendo café y a veces parece que lo hacen con el único objeto de activar las conexiones neuronales de los que pasan por la puerta (huele a café-me tomaría un café-me merezco un café) o de los que ya están dentro (huele a café-tengo mi café-he tomado la decisión adecuada). Hay que aclarar que no se trata de un café cualquiera, sino siempre de auténtico café extranjero. Todo el café que se consume en Corea es extranjero, obviamente, pero el café que se consume en estos locales es más extranjero todavía y en sus cartas y menús se detallan las procedencias exóticas y prometedoras —Costa Rica, Kenia, Guatemala— con tanto acierto que uno solo puede pensar: «Es exótico, me gusta». La idea de que las cosas de fuera son mejores que las de dentro se sustenta en el hecho de que a menudo son más caras. ¿Y cómo no pensar que son mejores puesto que son más caras? De hecho, una razón para que las cosas caras sean caras es que a menudo las ha traído alguien del extranjero. En ese caso decimos: «Oh, bueno, es importado». La mayoría de las cadenas de cafeterías que operan en Corea son de propiedad coreana, pero su principal seña de identidad es el extranjerismo, la idea de que no estás en Corea sino en un rincón de la vieja Europa —Francia, Italia, incluso Austria— o en Estados Unidos y consumiendo una materia prima de un tercer y remoto país. Lo cual siempre es agradable, un pequeño lujo. Para mecer esta idea, explica Yoo, las cadenas de cafeterías ofrecen unos precios verdaderamente altos y por tanto siguen lo que él llama la técnica de los yogures líquidos Actimel: «Mételos en frascos pequeños, adórnalos con asociaciones de ideas acerca de la salud, las defensas y la longevidad, y ponles un precio disparatado: solo así conseguirás que la gente valore tu producto».

—Pero yo te digo —sigue Yoo— que los precios están bien y que en realidad podrían ser un poco más altos y la clientela no bajaría.

Un café con leche cuesta cinco mil wones en Coffee Smith, y un trozo de tarta, cuatro mil. A la vuelta de la esquina hay un restaurante de campaña donde puedes comer carne, arroz y empanadillas por la mitad de ese dinero. ¿No es eso un contraste? Contraste contra falso contraste. Yoo me cuenta una historia y no descarto que sea una historia inventada. Dice que esta misma mañana ha visto a un hombre con chaqueta de ante que vendía lupas en el metro. El hombre apuntaba con la lupa hacia los letreros que había repartidos por el vagón, sobre todo los planos de la red de metro de Seúl y los recorridos de la línea verde o circular, que son ciertamente pequeños y que nadie mayor de veinticinco años alcanza a ver, así que el propio Yoo se ha planteado la posibilidad de comprar una de esas lupas. El vendedor de lupas ladeaba la cabeza y decía: «Nunca se sabe cuándo podemos empezar a necesitar una de estas lupas, ya no tenemos veinte años».

—¿Sabes cuánto costaban esas lupas? —me pregunta Yoo.

—¿Dos mil wones?, ¿cinco mil wones?

—Mil wones, dos lupas. ¿Y sabes cuántas lupas ha vendido en diez minutos? —Yoo levanta la mano derecha y forma un cero con el pulgar y el índice.

Enseguida muerdo el anzuelo y empiezo a calcular cuántas lupas hay que vender para pagar un cappuccino. Calcular las cosas que se podrían comprar por el precio de un cappuccino constituye una meditación en el vacío que contiene el infinito y a la cual se pueden dedicar muchas horas. Se podrían alquilar, durante un día entero, dos consignas grandes en cualquier estación de metro o de autobús y aún sobrarían mil wones para una consigna pequeña, podrían comprarse cinco cortaúñas, o apartar lo que cuestan quince cafés hasta juntar para unas zapatillas de deporte con cámara de aire. Y, por supuesto, comer un plato de arroz con carne o cuatro bandejas de empanadillas cocidas al vapor. Lo que intento decirle a Yoo —mejor dicho: lo que Yoo quiere hacerme decir— es que el café es un lujo en Corea, y no solamente en este ridículo y deprimente Coffee Smith. El café también es caro en los supermercados, donde hay que pagar diecisiete mil wones por un paquete de doscientos cincuenta gramos.

—¿Un lujo? En ese caso, yo quiero otro café moka latte —dice Yoo, y se incorpora y le crujen los huesos y me hace una seña para preguntarme si quiero otro cappuccino, a lo que respondo que sí de manera automática porque entiendo que esta vez me va a invitar.

Me voy dando cuenta de que a Yoo le gusta que lo tomen por un cínico. Además de dar conferencias sobre neuromarketing y escribir prontuarios sobre liderazgo eficaz, Yoo se dedica a asesorar —y esto es lo interesante— a asociaciones de consumidores de todo el mundo. «Me pagan por ello», advierte. Pero yo imagino que las asociaciones de consumidores pagarán menos que una empresa cualquiera a cambio de los servicios de Yoo.

—No es tan sencillo.

Yoo abunda en la idea de que las cosas que digo son sencillas, lo cual no es del todo agradable ni parece una buena manera de comunicarse. Entonces Yoo me pregunta mi opinión acerca de las encuestas. «Seguro que te encantan», dice Yoo, y enseguida empieza a buscar algo en el correo electrónico de su teléfono móvil. Es una encuesta encargada por la Agencia de Consumo de Corea que revela que los coreanos tienen una media de 8,81 objetos de lujo importados. El 37 por ciento de los encuestados dice tener entre uno y tres de estos objetos y el 22, cuatro o cinco. Un 21 por ciento tiene entre seis y diez objetos de lujo importados. El 3,4 por ciento tiene más de cincuenta y solo el 0,9 reconoce tener en su casa más de cien de estos objetos. ¿Qué tengo que decir a esto? Nada.

—Lo único que demuestra esta encuesta —dice Yoo, y otra vez barre el Coffee Smith con el brazo— es que el lujo está muy mal repartido, como es natural.

Yoo sostiene que las encuestas no sirven para nada porque se basan en lo que la gente dice que hace, en lo que la gente dice que piensa e incluso en lo que la gente dice que dice. Pero el neuromarketing es otra cosa. ¡Qué cosas! Entonces Yoo vuelve sobre sus pasos y recupera la idea de los contrastes aparentes o falsos contrastes. En realidad el precio de un cappuccino no es tan disparatado. El lujo no tiene nada que ver con esto. «Y el café tampoco», dice Yoo. Yoo, el hombre que lo sabe todo, se pasa la lengua por las encías y asegura que solo en Seúl hay ya más de 17 000 cafeterías, una cifra incompatible con el lujo. Da la impresión de que Yoo no sabe las cosas porque se las haya dicho nadie —ningún folleto de ninguna feria, ningún informe de ningún instituto de estudios económicos— sino porque las sabe. Yoo no tiene fuentes sino que Yoo es la fuente.

—Hmmm.

Empiezo a marearme y Yoo se palmea el estómago y luego ahoga una tosecilla con el puño. El café no tiene nada que ver, lo importante son los cafés, y Yoo dice que para demostrarlo le bastaría con monitorizar a cincuenta sujetos menores de cuarenta años y administrarles sopa de algas dentro de una taza de café con membrete corporativo o en un vaso térmico de café para llevar. «Lo único que habría que hacer es llamar café a la sopa de algas.» Yoo dice tener pruebas de que el córtex prefrontal medio de los coreanos menores de cuarenta años se activa al escuchar la palabra café: *coffee*: *copi* (se pronuncia copi). Muy pronto, los libros de casos de neuromarketing se ocuparán del asunto del café y de las cafeterías en Corea del Sur. Estos libros distinguen, me explica Yoo, entre fenómenos que se originan por inducción y fenómenos que se originan por conexión, como, por ejemplo, la recuperación de los zapatos Hush Puppies por parte de un puñado de alegres y bohemios muchachos del Village, allí en Manhattan. Resulta que la firma Hush Puppies no tuvo nada que ver en el asunto y todo fue una especie de milagro y de pronto el mundo entero comprendió que los Hush Puppies eran unos zapatos la mar de cómodos, elegantes y divertidos. ¿Es esto posible?, ¿basta con sentarse y esperar pacientemente hasta que alguien —Yoo ha usado la palabra conector— decida que tu producto es formidable y se dedique a esparcir esta idea entre su grupo de amigos influyentes?

Después de todo esto, me atrevo a sugerir que el fenómeno de las cafeterías en Corea funciona por inducción. Las cafeterías dedican mucho tiempo y esfuerzo a recordarnos el enorme placer que supone tomarse un café de cinco mil wones en sus cómodas instalaciones. Sin embargo, Yoo tiene dudas al respecto y dice que no sabe cómo empezó todo y sin que yo se lo pregunte me habla del caso de Japón y de su verdadera cultura del café —café de puchero—, y por tanto lleva las cosas demasiado lejos: yo nunca me hubiera atrevido a meter a Japón en esta conversación, ni en ninguna otra. Tal vez se trate de una maniobra de distracción. Al final, conversación circular. Creo que lo que Yoo insinúa es que los coreanos, sobre todo los menores de cuarenta años, acuden en masa a las cafeterías porque son lugares muy agradables —Coffee Smith no es un lugar agradable en absoluto y está lleno de energía negativa y pensamientos aspiracionales, pero no voy a morder el anzuelo— en los cuales puedes pasar cuatro horas sin dar explicaciones a nadie por menos de cinco mil wones. No obstante, el propio Yoo ha saboreado sus dos cafés moka latte o mocaccinos como si fueran néctar de ambrosía, aunque Yoo es tan cínico que sería capaz de engañarse a sí mismo o incluso de hacerse creer a sí mismo que se está engañando. ¿Conseguiría Yoo automonitorizarse y darse a sí mismo sopa de algas por café moka latte? Tengo la sensación de haber vuelto a la casilla de salida. Yoo me ha contado un montón de cosas que yo ya sabía, aunque a lo mejor no sabía que las sabía. Placer. Engaño. Autoengaño y Auto Moka Latte. Cappuccino. ¿Y qué pasa con la gente que se lleva el café puesto y se lo toma por la calle o en la oficina?

—No pasa nada —dice Yoo—: la gente que hace eso es idiota y ya está.

Fernández y el mar (Amarillo)

A la mañana siguiente, en la Feria Internacional del Café, Fernández asistió a una subasta de grano, sin acabar de entenderla, y luego se dedicó a merodear por los pabellones hasta que, aburrido, decidió seguir a un par de empleados de mantenimiento que se desplazaban de una esquina a otra y levantaban paneles, desmontaban mostradores y desenrollaban metros de césped artificial. «Los chicos de mantenimiento hacen y deshacen —pensó Fernández, y enseguida se ruborizó—: tal vez debería salir a la calle a que me dé un poco el aire.» Cinco minutos después ya estaba caminando en dirección contraria al día anterior y durante las cuatro horas siguientes no hizo otra cosa que caminar, así que le dio mucho aire: todo el aire del mundo. Recorrió un barrio entero donde solo había farmacias y, después, una calle de un kilómetro donde todo eran restaurantes de pescado que mostraban el género en unas peceras superpobladas con peces que se habían acostumbrado a girar sobre sí mismos. Fernández sintió una profunda simpatía hacia todos esos peces cuyo horizonte espacial, la pecera, y temporal, la hora de la cena, era sin duda muy limitado y a la vez infinito, dado que esos peces flotaban en medio de la ciudad de Seúl, que tendía a la infinitud. Fernández salvó un nudo de autopistas por medio de un puente para peatones y desde sus alturas vio, en lontananza, una franja verde entre la tierra y el cielo —«no estaría nada mal que eso fuera el mar Amarillo», pensó— y después de atravesar una colonia residencial de casas altas y blancas se metió en una estación de Cercanías, se subió a un tren y se sentó junto a una mujer mayor que se golpeaba una mano con la otra para facilitar la circulación de la sangre. Fernández miró por la ventana —el tren iba muy despacio — y vio, al otro lado del cristal, en una playa apretada y pedregosa, a un golfista que lanzaba bolas de golf contra el océano. Era un hombre elegante —su corbata dibujaba filigranas en el aire con cada golpe— y las bolas dejaban una estela blanca en el azul celeste y luego caían blandamente sobre las aguas musgosas del mar Amarillo. Pero el golpe no terminaba cuando la bola tocaba el agua sino cuando el hombre se decidía por fin a deshacer su postura post-swing, con las caderas retorcidas sobre sí mismas, el brazo en alto y el palo sometido a un ligero temblor.

Una vez en la ciudad, Fernández se metió en un restaurante de plástico y comió manitas de cerdo ahumadas. «He estado en las afueras», pensó, y no pensó ninguna otra cosa hasta pasado un tiempo.

Esa noche no invitaron a Fernández a cenar a ningún sitio, y él se dedicó a merodear por los alrededores de su hotel, en el barrio de Myeongdong. Se adentró en el distrito financiero, cruzó un arroyo y entró en un café que nunca cerraba y allí pudo enterarse, por medio de una revista para turistas y expatriados, de los planes exactos de la primavera. Había un calendario donde se detallaba que el florecimiento de los cerezos *(«cherry blossom»)* comenzaría —ya había comenzado— al sur del país en menos de una semana y luego ascendería hasta Seúl, donde estallaría el 8 de abril. «La primavera avanza de abajo arriba», se dijo Fernández, y otra vez se ruborizó. Esa noche durmió mal, tenía las plantas de los pies sembradas de ampollas y los tobillos redondos, y al día siguiente, como apenas podía caminar, se subió a un taxi que lo llevó hasta la Feria Internacional del Café. Enseguida buscó el puesto de primeros auxilios, y un sanitario flaco y con dos relojes de pulsera en una misma mano le untó linimento hasta las rodillas y le dijo, por señas, que aguardara tendido. Cinco minutos después regresó el sanitario acompañado de una azafata que emitió un silbido al ver las piernas de Fernández y luego le preguntó, en inglés, dónde estaba hospedado y cuándo salía su avión.

—El jueves.

El sanitario bajó los párpados y la azafata ladeó la cabeza. Guiaron a Fernández por un pasillo en forma de L y lo metieron en un ascensor de servicio y durante cinco minutos no hicieron otra cosa que subir y bajar y subir y bajar hasta que Fernández les pidió que pararan: «Creo que me van a estallar los tobillos».

—Es por la presión arterial —le dijeron, y lo llevaron otra vez al puesto de primeros auxilios y el sanitario le midió la presión sanguínea y negó con la cabeza varias veces, así que Fernández no voló el jueves, y pasó una semana con las piernas en alto y descalzo. Repartía su tiempo entre el vestíbulo del hotel, los restaurantes especializados —solo carne, solo pescado, solo sopas picantes, solo empanadillas al vapor, y a veces solo Fernández— y los cafés de los alrededores de Myeongdong. En medio de la ciudad infinita, el barrio de Myeongdong se convierte en un pequeño universo para Fernández. Algunas aproximaciones estadísticas le permiten llegar a la conclusión de que un tercio de los negocios que hay en los alrededores de su hotel son cafeterías: «Sin salir de Myeongdong se conoce el mundo (de las cafeterías franquicia)».

3.
HONGDAE, UN BARRIO ENROLLADO: ¿HASTA CUÁNDO?

Hongdae es el barrio enrollado más grande del mundo y sin embargo mucha gente considera que Hongdae ya ha dejado de ser un barrio enrollado y ahora es solamente un barrio grande, lo cual no tiene nada de extraordinario en una ciudad como Seúl. Es muy probable que la palabra enrollado también haya dejado de ser enrollada, pero eso no debería importarnos, porque al menos es una palabra útil. Los enrollados en Hongdae están preocupados porque gente de fuera del rollo —digámoslo así— se ha instalado por ahí abajo, mientras que la gente verdaderamente enrollada está largándose, pero ¿qué es lo quieren los enrollados? Las grandes compañías —H & M, Uniqlo, incluso Zara— han abierto sede en el barrio y hay franquicias de cafetería por todas partes. Ahí es donde entro yo, en el asunto de los cafés. Los cafés enrollados, que aquí se conocen como cafés indies, han sido una seña de identidad del barrio a lo largo de los años y ahora se ven obligados a convivir con Caffé Bene, Paris Baguette, Paris-Croissant, Angel-in-us Coffee y compañía. Lo mismo ocurre con las tiendas de ropa, ya sean de primera o de segunda mano. A los dueños de las tiendas enrolladas les gusta, como a los artistas, tener un público abundante pero también les gusta pensar, otra vez como a los artistas, que además tienen un público de calidad. Y es posible que el material que circula ahora por el barrio de Hongdae no sea de mucha calidad: ristras de colegialas cogidas del brazo, turistas occidentales, personal de mediana edad. Todo este estado de cosas —este estado de crispación: enrollados que detestan a los que son menos enrollados que ellos, enrollados que detestan a los que son más enrollados que ellos, enrollados que detestan a los que no son enrollados en absoluto: enrollados que hablan incluso de enrollados de mierda— se parece demasiado al estado de ánimo de algunos barrios enrollados de Madrid y es probable que sea un estado de ánimo universal: un malestar entre los enrollados. Y, al final, otra vez, ¿qué es lo que quieren los enrollados? En Hongdae hay tiendas de ropa de segunda mano tan enrolladas —museos del retro— que te cobran por entrar. De modo que ya han ido y han vuelto y dan la batalla por perdida, dado que nadie mínimamente enrollado o que se respete a sí mismo en tanto que persona enrollada pagaría por entrar en una tienda a no ser que haya puesto el cuentakilómetros a cero y haya dicho: «A partir de ahora solo haré chorradas».

—Yo solo sé una cosa, y es que la gente se está yendo de Hongdae —dice Son Chang Joon, dueño de una tienda de ropa de segunda mano llamada Sweet Thing.

Pero no es verdad, quiero decir que no es cierto que Son solo sepa una cosa, como a él le gusta decir y dice constantemente. Son lo sabe todo —sabe muchas cosas— sobre el rollo y sobre las tiendas de segunda mano y sobre Hongdae antes y después de Hongdae, pero hay un tema que se le escapa y ese tema son los cafés.

—Yo creo que todos los cafés son iguales, aunque he oído decir que los cafés en Hongdae ya no son lo que eran.

Me parece una opinión revolucionaria. En los cafés coquetos y de aire más europeizante de Hongdae colocan botellas de vino vacías en la puerta porque el vino, como se sabe, tiene un cierto prestigio en Corea y supongo que en toda Asia. En la cristalera del café Bonmal han rotulado el mensaje Every cloud has a silver lining, lo cual parece un lema muy apropiado para una oficina municipal a la que la gente acude, entre el miedo y la esperanza, para arreglar unos papeles. Creo que es una señal que apunta o abunda en la idea de que Hongdae ha perdido el rumbo: cafés supuestamente enrollados que comparten fraseología con dependencias municipales. Por lo demás, cuando Son dice que la gente se está yendo de Hongdae presenta los hechos de forma interesada o incluso artera, aunque no se puede decir que los falsee. ¿Qué es la gente? Hay gente que se está yendo de Hongdae —Son no miente—, pero hay mucha más gente que sigue viniendo a Hongdae y en Hongdae no cabe un alfiler y por sus calles hormiguean miles de personas todos los días y esto es algo que Son parece pasar por alto. Entonces, ¿qué es la gente? Mejor dicho: ¿qué es la gente para Son? La gente son los enrollados, sin duda, muchos de los cuales se han instalado al sur de Hongdae, en las inmediaciones de la estación de metro de Hapjeong. Calidad antes que cantidad. De modo que ahora hay, en las afueras de Hongdae, una especie de off-Hongdae que es a todas luces mucho más coqueto y enrollado que Hongdae pero tiene muchas menos tiendas, y hay mucha menos gente —en el sentido tradicional de la palabra gente— que merodea por allí y por lo tanto hay mucho menos dinero. ¿Y dónde está la gente?, ¿dónde está el dinero? La gente y el dinero están todavía en Hongdae, pero resulta que ahora en Hongdae ya no están solamente Son y sus amigos —hoy en día, en Hongdae dejan entrar a cualquiera— y al fin y al cabo de lo que se trata en este negocio es de adelantarse a los demás y da la impresión de que Son ha visto el futuro dibujado en algún sitio y lo que ha visto es un panorama de Hongdae que no incluye su tienda de ropa usada, Sweet Thing. El barrio reducido a una zona comercial cualquiera como, por ejemplo, Sinchon o Myeongdong.

Cuando digo las palabras —o las letras— H & M, Son aprieta los puños y echa la espalda hacia atrás. Estamos sentados en un par de taburetes, esos taburetes que hay en las tiendas de ropa enrollada y de segunda mano de todo el mundo. A Son le desagrada H & M. H & M malo. H & M feo. «H & M barato», pienso yo. Le hago notar a Son que H & M es una gran multinacional de ropa enrollada y me parece que Son no está preparado para oír algo así. ¿Le he decepcionado?, ¿hemos terminado? En absoluto. Son cree que soy un provocador y hace gestos de fastidio y pega manotazos al aire pero no deja de reírse, así que me puedo tomar ciertas libertades. Me he levantado del taburete y he sacado de un burro (es así como se dice en el Textil) una camisa de tela vaquera con un estampado de dragones en la pechera y he mirado el precio: 35 000 wones. ¿35 000 wones?: «Son: esta camisa la puedes encontrar en H & M por 20 000 wones y, por supuesto, nueva: to-tal-men-te-nue-va». Imagino que Son habrá oído hablar de todos esos cazadores de tendencias que se instalan con sus cuadernos de notas en las puertas de las facultades de

Bellas Artes o en los cafés de barrios como Hongdae y no se van a su casa hasta que se han apropiado de todo el talento y el estilo de la gente enrollada. ¿Qué opina Son de esos cazadores de tendencias? Son solo sabe una cosa:

—Yo solo sé una cosa, lo que hace esa gente nunca funciona.

No sé en qué se basa Son para afirmar que lo que hacen los cazadores de tendencias de H & M o Uniqlo no funciona. En un primer momento, Son ha llegado a pensar que yo mismo era un cazador de tendencias, lo cual por cierto me halaga.

—Estabas ahí, tomando notas —dice Son, y hace el gesto del que toma notas y se apropia de las ideas de otros.

Son siente repugnancia por los cazadores de tendencias. Afortunadamente, el malentendido y las manifestaciones de hostilidad por parte de Son —enseñarme las encías, por ejemplo— durarán solo unos segundos. En cuanto le digo que soy escritor y que trabajo en una serie de artículos sobre el fenómeno de las cafeterías franquicia en Corea, nace entre nosotros una gran corriente de simpatía y comprensión, aunque a Son no le interesa nada el universo del café y de hecho no considera que haya ningún universo alrededor del café.

—No me sienta bien, me produce sudoraciones. Bueno, es un poco difícil de explicar.

Son no lleva gafas —mucha gente lleva gafas en Corea, aunque no siempre se acuerdan de ponerles cristales— y tiene el pelo relativamente rizado. Ha entrado —mejor dicho: ha bajado, porque la tienda está en un sótano— una pareja de novios occidentales, casi con toda seguridad británicos, y Son ha hecho un gesto con la cabeza y ha seguido hablando conmigo, lo cual demuestra que Son es un enrollado de una pieza que no deja de hacer lo que esté haciendo solo porque una pareja de occidentales decida darse una vuelta por su tienda. Me doy cuenta de que Son, mientras permanece sentado en el taburete, tiene siempre una mano entre las piernas y la mueve constantemente. Pero quiero abordar de una vez cierto asunto crucial —¿cuándo empezó Hongdae a dejar de ser un barrio enrollado?—, y como no quiero violentar el clima de cordialidad que reina entre los dos, me decido por un subterfugio y le digo a Son que esa misma mañana, mientras merodeaba por Hongdae, he tropezado con muchos turistas que buscaban la localización exacta del Coffee Prince de la serie de televisión *The First Shop Coffee Prince*. Estas peregrinaciones resultan siempre algo grotescas. Habla Son:

—Yo solo sé una cosa: Hongdae no es un plató de televisión pero es un barrio de cine.

Lo que quiere decir Son, creo, es que Hongdae no debería ser un plató de televisión aunque a menudo lo parece. Hay un pequeño parque donde juegan a veces algunos niños, una especie de alameda en la que resulta difícil dar un paso sin tropezarse con un nudo de cables o estropear un plano secuencia. Resultan obvias las conexiones de Hongdae, en tanto que barrio enrollado, con el audiovisual coreano, ya sea en su variante más underground —estudiantes de Arte con cámara al hombro— o en su variante más mainstream —Hongdae como escenario de telenovelas: *The First Shop Coffee Prince,* de la MBC, *Mary stayed out all night,* de la KBS, o *A Gentleman's Dignity,* de la SBS—, pero no debemos quedarnos ahí, ya que la vocación de Hongdae afecta a todas las artes y es por tanto universalista y, de hecho, la propia denominación Hongdae hace referencia a la Universidad Hongki, que marca uno de los límites del barrio (en el distrito de Mapo, al noroeste del río Han) y cuya facultad de Bellas Artes, etcétera. Son, sin dejar de mover la mano derecha entre las piernas, me ha contado la historia de Hongdae en cuatro palabras y se parece mucho a la historia de cualquier barrio enrollado de cualquier otra ciudad del mundo y creo que la podría haber escrito un niño de ocho años: la Facultad de Bellas Artes, los años noventa y la escena indie, los artistas de dentro y de fuera de Hongki, los alquileres baratos y el pensamiento crítico, las tiendas de ropa de segunda mano, la gran explosión y luego la vulgarización.

La gente del rollo —del rollo enrollado a escala planetaria— tiende a considerar, de un tiempo a esta parte, que con cada paso que dan escriben una página decisiva en el gran libro del arte político, y esto también incluye a los dueños de las tiendas de ropa de segunda mano. Diga lo que diga Son, voy a estar de acuerdo con él. Estoy de su parte y le hago una especie de entrevista de cámara, con preguntas que en su formulación insinúan la respuesta correcta. Le doy todo tipo de facilidades para que me cuente una y otra vez la historia de los principios de Hongdae, cuando Son y sus amigos eran pobres y felices. Y el arte político. Son no siente ninguna simpatía hacia las grandes marcas de ropa, sobre todo cuando se para a pensar en la mano de obra infantil de ciertas fábricas de Bangladesh, y parece convencido de que cada vez que en su pequeña tienda, Sweet Thing, se venden unas zapatillas de marca, todas esas compañías muerden el polvo. Se confirma, entonces, que Son es una especie de luchador por los derechos de la infancia en Bangladesh y por los derechos laborales de los adultos, en Bangladesh y en cualquier otra parte del mundo. Pasa por mi frente una ráfaga de aire helado: agradable sensación de poder, tengo a Son a mi merced. ¿Qué pasaría si yo le dijera a Son que cuando él vende un par de zapatillas de marca también se beneficia del trabajo de esos niños bangladesíes? Son está generando una nueva plusvalía y los niños esclavos no se van a enterar. Las grandes marcas pagan un dinero miserable a esos niños, pero Son no les paga nada. Bueno, Son y yo nos caemos bien y eso es todo. Reina la camaradería entre nosotros, cierto, pero lo que ocurre a continuación me sobrepasa: Son se mira la entrepierna y me dice que tiene un problema grave ahí abajo. ¿Hongos? Efectivamente, Son tiene hongos, pero según la explicación que me da los hongos no son el problema o no son un problema en sí mismos. El problema es que los testículos de Son nunca acaban de secarse cuando Son sale de la ducha, y esto le origina constantes problemas de hongos. De manera que la enfermedad de Son no son los hongos en los testículos sino el secado de sus testículos y una permanente humedad en el escroto. ¿Tiene Son unos testículos diferentes a los de cualquier otro hombre? ¿Quiere Son que hablemos de este asunto?, ¿lo quería desde el principio y por eso me ha dado cuartelillo? Me pregunto si de verdad Son emplea el tiempo necesario en secarse después de la ducha, pero no quiero preguntárselo a él. Son, que muy probablemente sabe lo que pasa por mi cabeza, dice que sí varias veces y hace un gesto con los dedos de la mano derecha para indicarme —entiendo— que el problema radica en la textura de su escroto y en su escasa porosidad. Creo que Son espera de mí una serie de indagaciones morbosas que no van a llegar. Doy el tema por zanjado. La pareja de occidentales abandona la tienda de Son sin hacer gasto y sin probarse una sola prenda, pero luego una chica coreana con las caderas muy altas se lleva tres fulares, y un muchacho chino de unos veinte años —creo que es un chino de Hong Kong o de Taiwán— se prueba unos pantalones y dice que volverá a por ellos. Son devuelve los pantalones a su sitio y mueve la cabeza y suspira en un gesto de cansancio. Le pregunto a Son si quiere que le traiga una cerveza de algún sitio y tarda en responderme que no, así que comprendo que yo también formo parte del cansancio global de Son. Han dado ya las cuatro de la tarde y estoy seguro de que Son estaría mucho mejor en su casa, tirado en el sofá y pulverizando el mando de la televisión o rascándose los testículos a pierna suelta, pero Son no tiene ayudante y, en cuanto a mí, yo también estaría mejor ahí fuera, fisgando por los cafés underground y las tiendas de ropa mainstream —o viceversa— del todavía enrollado barrio de Hongdae, merendando sopa picante en un restaurante de plástico en el mercado de Namdaemun o mirando las aguas influyentes y decisivas del río Han a su paso por el Parlamento Nacional.

Fernández regresa a la Guerra Fría

Una mujer y un niño de cinco o seis años se deslizaron al otro lado de la cristalera del Café Hollys, camino a la catedral de Myeongdong. El niño tuvo tiempo de aplastar el dedo índice contra el cristal y señalar hacia Fernández, que sonrió. La madre tiró del niño como de una cremallera que se ha quedado enganchada, y los dos desaparecieron. Lo siguiente que vio Fernández fue la figura inclinada y la melena transparente del reportero belga. Tocó en el cristal con los nudillos y el reportero belga levantó las manos, se agarró las sienes y entró:

—Ahora soy corresponsal de guerra.

—¿Guerra?, ¿qué guerra?

La guerra, esa es la cuestión ahora. Ha estallado la guerra o, al menos, ha estallado la posibilidad de que estalle algún día algo parecido a una guerra entre las dos Coreas o —al menos— la posibilidad de que ocurra algo, por ejemplo un ataque nuclear en sentido Norte-Sur, y los periódicos de todo el mundo han enloquecido y los aparatos de radio comienzan a salivar (¡la Guerra Fría ha vuelto!, ¡la Guerra Fría nunca pasará de moda!) y las televisiones dan imágenes del dictador Kim Jong Un, que se mueve con la frescura y la gracia de un holograma: Kim Jong Un pasa revista a las tropas del Norte, Kim Jong Un se reúne con sus lugartenientes y escudriña mapas en tres dimensiones de las dos Coreas, Kim Jong Un se acaricia las sienes. Todo esto ha pasado inadvertido para Fernández, que, abismado en su pequeño universo de Myeong-dong, cultiva una nueva visión del infinito, mira por las cristaleras de los cafés y no advierte ningún indicio de guerra.

—El periodismo bélico —dijo el reportero, con los ojos muy abiertos— ya no es lo que era.

—Ajá.

—Ahora cualquiera puede ser corresponsal de guerra —dijo el corresponsal de guerra—, pero te pagan lo mismo que por contar un partido de fútbol. —Y se marchó y la puerta giratoria del Café Hollys removió el aire de la mañana y Fernández quedó sumido en una nube de confusión.

Fernández regresó al hotel y un recepcionista lo interceptó para decirle que tenía que abandonar su habitación.

—La Feria del Café terminó hace cinco días —le recordó.

Fernández forzó un movimiento con las aletas de la nariz, sacudió las manos y apoyó los codos en el mostrador.

—Pero yo no puedo viajar todavía. Yo, yo, yo: ¡yo!

El recepcionista le extendió una tarjeta de visita de la Agencia Favorecedora de la Internacionalización de la Economía Coreana y, una vez en su habitación, Fernández se entretuvo mirando el trasluz de su camisa azulona y le pareció ver, en el cerco de café con leche de la víspera, unas formas que se retorcían en el aire. Si ponía un poco de su parte, Fernández podía llegar a la conclusión de que esa mancha de café con leche describía la silueta de un caballo, de un dragón o incluso de un cerdo.

«Bueno, esto ha sido Asia», se dijo antes de llamar por teléfono a la Agencia Favorecedora de la Internacionalización de la Economía Coreana. La empleada, desbordante de amabilidad, le ofreció tres fechas para volar a Madrid.

—Veamos —dijo Fernández.

Los pulmones se le llenaron de aire. Cerró los ojos, se pasó la mano por la nuca y no vio nada —no consiguió ver nada— que no fuera el cerco de café sobre su camisa azulona. Abrió los ojos y pensó: «A lo mejor es un mapa».

—Entiendo, entiendo: ustedes quieren que me vaya antes de que empiece la guerra —dijo Fernández.

—¿Guerra?, ¿qué guerra? —preguntó la empleada de la agencia—. Aquí no va a haber ninguna guerra. Oiga, si usted quiere quedarse más tiempo en Corea tiene que cambiar de hotel. La Feria Internacional del Café terminó hace cuatro días.

—Cinco días —precisó Fernández—: terminó hace cinco días.

4.

SE VENDEN PERROS, PECES Y GALLINAS
(EN LA PARADA DE AUTOBÚS)

Aunque la parada del 123 en la aldea de Daebu no
sea el centro del mundo sino el lugar donde dan
la vuelta todos los tractores y todas las cosechadoras,
es posible que sea el centro del mundo en Daebu,
y desde luego uno esperaría otra cosa en lo que res-
pecta a la marquesina. Daebu es una pequeña isla
situada en el término municipal de Ansan y tiene al
norte una gran piscifactoría y en su centro geográfi-
co, pero sobre todo cósmico, hay una concentración
de negocios —una tienda de conveniencia, dos restaurantes, una farmacia— que permite hablar en términos de aldea. En esta aldea de Daebu hay también
una marquesina que señala el final del recorrido del
autobús 123, que une la isla con el intercambiador
de transportes de Ansan. El caso es que esta marquesina —este poste— deja mucho que desear y la

gente, cuando tiene el capricho de sentarse, espera el autobús en unas banquetas que hay en el interior de la farmacia, y se pierde lo mejor, porque en esta parada pasan cosas y, por ejemplo, se venden peces vivos en barreños, además de perros mullidos y algodonosos y, sobre todo, gallinas que la gente se lleva a su casa en cajas de cartón. Los peces se venden a un precio de risa: flota en el ambiente la idea de que las mujeres que venden esos peces y los empleados de la piscifactoría —o algunos de ellos, los más audaces— han llegado a un acuerdo beneficioso para ambas partes. Las gallinas, una vez en la caja, pugnan por salir y aletean y se hinchan a dar picotazos a todo el que pasa por allí y en este punto son injustas o se equivocan porque no se trata, al menos en esta ocasión, de escoger una gallina para echarla a la cazuela sino de sacarla de un corral para llevarla a otro corral distinto.

—¿Qué será lo siguiente?, ¿pintar las rayas de la carretera? —dice Seo Ji Won, de cincuenta y cinco años y con veinte de servicio en la empresa municipal de transportes de la ciudad de Ansan, mientras retira con el pie unas cajas de cartón hasta dejarlas fuera del término municipal de la marquesina.

Hablo con Seo Ji Won por medio del videoartista Kim Ji Hoon, a quien he conocido en un autobús de línea, pero no en el 123. Si solo hablara con personas que supieran hablar inglés estaría accediendo a una visión desigual y parcial de la sociedad coreana. Gracias a Ji Hoon puedo hablar con gente muy diferente y sin embargo tengo la impresión de que lo único que obtengo es la visión de las cosas después de Ji Hoon. Me parece raro que las opiniones de este conductor de autobús de una ciudad de provincias sean tan parecidas a las de Ji Hoon, que estudió Arte en Chicago y prepara una exposición individual (solo Kim Ji Hoon) en una galería del barrio de Insadong, en Seúl. «En Corea no hay una verdadera cultura del café.» Muy bien, Ji Hoon: tomo nota. El conductor Seo Ji Won masca un chicle que suena como si cascara nueces allí dentro, en cualquier momento se le podría saltar un empaste. Veo que no voy a poder sacar nada en limpio de este hombre, sobre todo si me abandono en manos de Ji Hoon, así que señalo directamente a la boca del conductor y levanto los hombros porque quiero saber de una vez qué es eso que masca Seo, y por qué suena de esa manera. Abrigo la esperanza de que Seo saque un paquete de chicles del bolsillo de la camisa y me ofrezca uno. He visto —y oído— mascar ese chicle a un montón de taxistas y conductores de autobús, casi siempre tipos duros del mundo del motor coreano. Entonces suena el teléfono móvil de Seo, una canción pop coreana —pero no exactamente K-pop— que suena a todas horas por todas partes: «Habla sobre el *cherry blossom*, ¿en España hay *cherry blossom*?», pregunta Ji Hoon. Bueno, se supone que donde hay *cherry* hay *blossom* y, sin embargo, no estoy seguro de que en España haya *cherry blossom*. Seo se aparta dos pasos para seguir su conversación, se enciende un cigarro. Estoy seguro de que el señor Seo sería capaz de fumar, mascar chicle, hablar por teléfono y conducir a la vez. En el ínterin, Ji Hoon señala con el brazo los pantalones caídos de Seo y me dice que en Estados Unidos los conductores de autobuses tienen mucha más clase. Pero yo también he hecho viajes de media y larga distancia en autobuses coreanos y me ha parecido que los conductores tienen clase. Una vez coincidí con uno que tenía una corbata rosa y un pisacorbatas de plata.

—Tuviste suerte —dice Ji Hoon.

Le estoy contando una pequeña mentira pero lo hago solo para hacer avanzar la historia. En realidad no era un conductor sino el hombre que cortaba los billetes a la entrada del autobús. Los conductores de las líneas interurbanas gastan corbatas azul celeste y unas camisas tan bien planchadas que parece que todavía tuvieran marcas del cartón de la camisería. Por supuesto que tienen clase, ¿cómo no vas a tener clase si tienes entre tus piernas el motor de un KIA Grand Bird Creamfield, el de un Royal Cruiser o el de un Daewoo Cruising Star? Vuelve Seo:

—América okey, Spain okey.

España en coreano se dice Spain. Seo ha mirado el reloj y se ha encendido otro cigarrillo. Fuma como una chimenea. No es el primer coreano que me produce esa impresión. La tentación de generalizar es muy fuerte y se va haciendo más fuerte conforme se aleja uno de la plaza de Castilla. En muchas cafeterías no se puede fumar y si se fuma hay que hacerlo en un cubículo apestoso donde incluso los fumadores más recalcitrantes se encuentran a disgusto. Un último intento: «¿Usted frecuentaría más este tipo de locales si se permitiera fumar allí dentro?».

—En Corea no hay una verdadera cultura del cigarro. Spain okey.

Los conductores de autobuses de las grandes líneas que unen Seúl con ciudades como Busan, Wonju o Mokpo limpian la cabina del conductor y sus alrededores con una manguera de aire que se lo lleva todo por delante. Seo también tiene una manguera como esas en su autobús pero cuando limpia su cabina lo hace con menos solemnidad que los conductores de las grandes líneas. Seo odia limpiar, considera que ya cumple con su parte del trato al conducir ocho horas diarias. Ahora les han encomendado que las marquesinas estén presentables. Obviamente, esta orden solo se refiere a las marquesinas de la cabecera y la cola del recorrido. Nadie pretende que los conductores del 123 bajen a limpiar cada marquesina de su larguísimo recorrido —casi dos horas— porque esto produciría retrasos irrecuperables. Lo que se pretende es que los conductores, en esos cinco minutos que median entre el final de un recorrido y el principio de otro, adecenten las marquesinas de las dos cabeceras. Pero Seo ha encontrado una solución que contentará a todos y que consiste en alejar la basura de la marquesina. Además, se nos echa el tiempo encima. Seo mira el reloj, aplasta el cigarrillo contra el poste de la marquesina y luego lo tira. Tengo una última pregunta para el conductor Seo. Por fin tengo una pregunta interesante, una pregunta que creo que va a funcionar:

—¿Por qué los autobuses salen siempre un poco antes de su hora?

Pero a Kim Ji Hoon le parece una pregunta extraña y se la tengo que repetir. En los horarios que hay pegados en las marquesinas indica una hora y los autobuses salen siempre unos cuantos minutos antes. ¿Por qué? Ji Hoon le ha trasladado la pregunta a Seo pero me doy cuenta de que lo ha hecho sin ninguna fe, y el resultado es confuso. Se supone que Seo le ha dicho a Ji Hoon que me diga que solo se puede salir antes o después de la hora y que él —y muchos otros conductores, a eso me refería yo— prefiere salir antes porque le gusta hacer las cosas bien. Antes de subirse al autobús, Seo Ji Won se asegura de que la basura esté convenientemente alejada de la marquesina y una vez en marcha escupe el chicle por la ventana. ¿Qué tipo de chicle era?, ¿por qué sonaba de esa manera? Es una verdadera faena que las vendedoras de gallinas hayan elegido esta marquesina para instalar su negocio, dejando tras de sí un reguero de cartones y excrementos, pero en verdad no hay sitio mejor para ello porque esta marquesina o, mejor dicho, este poste con un letrero en lo alto y una farmacia al fondo, es lo más parecido al centro del mundo que hay por aquí, en la pequeña isla de Daebu.

FERNÁNDEZ EN LO ALTO DE UNA COLINA

Fernández llegó a un acuerdo con el encargado de un albergue de habitaciones compartidas que había al otro lado de la catedral de Myeongdong, a los pies de la torre de Namsan, y durante un tiempo no hizo otra cosa que poner las piernas en alto —han desaparecido las ampollas y sus tobillos han recuperado el diámetro habitual, pero Fernández ha descubierto que esta postura facilita la producción de pensamientos penetrantes y consoladores, una cierta elevación espiritual— y mirar alrededor, ya fuera asomado a la cristalera de un café o en el porche de este mismo albergue. Hablaremos ahora de este albergue y de su encargado. Se llamaba Yun y era de Singapur. Tenía poco más de veinte años, era un gran conversador y andaba todo el día descalzo de aquí para allá (era vagamente gordo y se desplazaba en movimientos laterales) y solo para salir a la calle se calzaba unas chancletas como las que usa la gente para ir del vestuario al borde de la piscina. Este albergue estaba en las faldas de una colina llamada Namsan, camino a una gran torre que parecía una aguja espacial y por tanto al otro lado de Myeongdong. Alrededor del albergue de Yun había muchas otras casas de dos y tres alturas de las que salían y entraban todo el tiempo ancianas diminutas y siempre atareadas que acarreaban bolsas y cartones para reciclar. Además de un gran conversador, Yun era un gran fumador. Su principal ocupación consistía en sentarse en el porche del albergue y poner los pies encima de una mesa de plástico, fumar cigarrillos mentolados y decir, por ejemplo:

—No siempre se puede vivir en lo alto de una colina pero siempre que se pueda hay que intentarlo.

En la hora rosa del atardecer Fernández se sentaba en el porche y los cielos crepusculares se desplegaban sobre la torre de Namsan y se derramaban por los rebordes del consulado de China y, a veces, en el curso de esas conversaciones, el encargado Yun incursionaba en la vida privada de Fernández. ¿Dónde estaba su mujer?, ¿dónde estaban sus hijos y cuántos eran esos hijos?, ¿cuáles eran los gustos musicales de Fernández? Pero Fernández no tenía vida privada y ni siquiera tenía gustos musicales o, para ser más exactos, había dejado de tenerlos.

—Bueno, me gusta esa música suave que ponen en los cafés.

—Pero esa música es mentira.

—Oh.

En el albergue de Yun el desayuno era gratis o, mejor dicho, estaba incluido en el precio de la habitación: había tostadas y mantequilla de cacahuete y café de máquina. En las horas humeantes de la mañana, los continuos ruidos y explosiones de las motocicletas y carricoches que se arrastraban colina arriba contrapunteaban la conversación del encargado Yun. Yun no se daba completa cuenta de que era de Singapur —tenía una abuela india y una abuela china— y de todo lo que eso significaba (para Fernández).

—¿Cómo es Singapur?

—Pequeño, casi inexistente.

—Bueno, saldré un rato y luego pondré las piernas en alto.

Casi todos los huéspedes de aquel albergue eran asiáticos y Yun no podía disimular su fastidio. Él no había venido desde tan lejos para esto. Cada vez que juntaba tres o cuatro días libres, Yun descolgaba el teléfono y llamaba a cierto amigo, también singapurí, que trabajaba de encargado en un albergue para mochileros que había al otro lado del barrio de Hongdae, y le decía: «Voy», y en lugar de meterse en un avión con rumbo a las Filipinas, Yun se pasaba una temporada allí encerrado y el clima de cosmopolitismo que se respiraba en ese albergue resultaba embriagador para él, y le gustaba salir al porche y fumarse unos cigarros mentolados y empaparse de hiperexperiencia a medida que la noche azuleaba. Europeos, americanos, australianos.

—Eso sí que es divertido —aseguraba Yun.

Yun no daba ningún valor a la experiencia (infraexperiencia) de Fernández en su albergue. Fernández había compartido habitación con un estudiante taiwanés y con un alpinista malayo y había mantenido una serie de conversaciones formularias y sincopadas pero sinceras con un grupo de universitarias de Manila que cuando hablaban entre ellas no paraban de repetir la palabra problema:

—*Anong problema mo?*

Una mañana, Fernández recibió la llamada de la Agencia Favorecedora de la Internacionalización de la Economía Coreana y una amable empleada, la misma de siempre, le preguntó cuáles eran sus planes ahora que se había esfumado la posibilidad de una guerra y las aguas volvían a su cauce («¿la guerra?, ¿qué guerra?, ¿qué aguas?, ¿qué cauce?», pensó Fernández) y luego, sin pararse a escuchar la respuesta, le propuso un par de fechas para cerrar su billete de avión y Fernández pensó —no pudo evitarlo— que aquella era una llamada providencial:

—Pero yo no me puedo ir de Seúl ahora —dijo Fernández.

Fernández mantuvo esta conversación de pie y en el vestíbulo-distribuidor-pasillo-cocina-comedor del albergue de Yun. Cada vez que la conversación daba un giro, Fernández giraba noventa grados sobre sus talones y ahora, en un escorzo del porche, veía el brazo del encargado Yun apoyado en el reposabrazos de una silla de plástico. «Esto es una señal/A lo mejor veo demasiadas señales —pensó Fernández—: una señal: ¿de qué?»

—Yo tengo que esperar. —Alguien tiró de la cadena en el cuarto de baño, Fernández volvió la cabeza y sus ojos se posaron sobre un cartel de promoción turística: un árbol estallado de florecillas blancas y una frase: Just for You— al florecimiento de los cerezos y todo eso.

—¿Todo eso?, ¿qué es todo eso?

5.
HOT & COOL COFFEESHOP
O LA VIDA DIFÍCIL DE UN ACTOR SIN FRASE

Park Ji Il llegó muy pronto demasiado alto o simplemente tuvo muy mala suerte el día en que abrió un archivo informático que contenía un borrador de los presupuestos generales del Estado de Corea del Sur y, en un desliz absolutamente verosímil, lo envió (reenviar) a todos los contactos de su cuenta de correo electrónico. En aquellos días, Park Ji Il era un altísimo funcionario y en los días y años sucesivos lo seguiría siendo, dado que no se le apeó de su condición de funcionario nivel azul turquesa después de aquel error, pero ahora, en lugar de despachar con ministros de Economía y secretarios de Estado, pasó a reunirse con arrendadores, pequeños propietarios y —en el mejor de los casos— alcaldes pedáneos y por supuesto que nada de eso ocurría en la trepidante Seúl —tráfago financiero, intrigas políticas, oropel imperial—, sino a trescientos kilómetros y en la remota aldea de Jiju, al sur del país, a media hora de Busan. Una vez al mes, Park Ji Il tiene que comparecer ante el subintendente de la jefatura provincial de Busan y rendirle cuentas de su trabajo. Oh, Busan, aglomeración palpitante y cuatro millones de personas, asfalto y PVC, neones, algunos consulados y mucho monóxido de carbono: ¡la vida verdadera! El alto funcionario Park, cuando arrastra su maletín y su traje de raya diplomática por el distrito financiero de Busan, se abandona en brazos de la melancolía —¿qué podía haber sido su vida?— pero en cuanto vuelve a su pequeña y miserable aldea de Jiju y a la Oficina de Atención al Contribuyente donde ahora remata sus días comprende, o cabe suponer que comprende, que hay cosas cuyo valor no se puede ponderar con mediciones exactas. Así que, como parte de un ritual que se repite todos los primeros de mes, Park, a la vuelta de Busan, aparca su Hyundai i40 Cw delante de Hot & Cool Coffeeshop y una vez dentro levanta un brazo, inclina la cabeza y dice:

—¿Dónde está mi café latte?

En realidad este ritual se repite casi todos los días en la nueva vida de Park Ji Il en la aldea de Jiju. No hay muchas cosas que hacer por allí y este Hot & Cool Coffeeshop es una de las más excitantes.

—El Hot & Cool Coffeeshop funciona como un punto de intersección entre las dos dimensiones de la vida de Park: el pasado esplendoroso en Seúl y la cruda realidad en Jiju —explica Choi Chi Soo.

El actor Choi Chi Soo abunda en esa costumbre de hablar de las obras de ficción y de los personajes que las habitan como de verdaderos fragmentos de la vida de la gente, lo cual al principio tal vez funcione como mecanismo de metaficción pero al final resulta ridículo, pomposo y vacío.

—¡En Hot & Cool Coffeeshop!

Pero Park no está solo en esta aventura vital que es la vuelta a los orígenes del hombre y a la vida sencilla y a las cosas que de verdad importan. Le acompañan su mujer Eun Jung —que ha dejado atrás una vida erizada de gimnasios, restaurantes occidentales y galerías de arte contemporáneo— y sus hijos Mi Sook y Yoo Suk. Yoo Suk es un caballerete de once años dueño de un gran sentido práctico de la vida: «Es evidente que ya no estamos en Seúl», dice cada cierto tiempo en una especie de *ritornello* personal. En cuanto a la pequeña Mi Sook, tiene problemas para comprender la nueva realidad y no se da cuenta de que sus días de estudiante perezosa en el Colegio Americano de Itaewon se han ido para siempre: «¿Qué hacemos aquí?, ¿por qué tenemos que ir al colegio si estamos de vacaciones?, ¿dónde está mi muffin de chocolate con virutas de auténtica vainilla?».

—¡En Hot & Cool Coffeeshop! —responde amorosamente la señora Park, mientras le ata la coleta con un lazo estampado de margaritas.

—¿Y dónde está mi café moka latte? —se pregunta la señora Park mirando a cámara.

—¡En Hot & Cool Coffeeshop!

Todo eso de Hot & Cool Coffeeshop como intersección entre las dos dimensiones de la vida de Park está muy bien y es una feliz ocurrencia que se puede trasladar a todos los miembros de la familia —el meditativo Yoo Suk suspira por la leche chocolateada de Hot & Cool Coffeeshop—, pero el actor Choi Chi Soo habla como si nadie supiera que Hot & Cool Coffeeshop paga la mitad de las facturas de esta producción de la KSC. Me pregunto si esto ha suscitado quejas de las asociaciones de consumidores —consumidores de café y consumidores de series de televisión— o cartas airadas de algún telespectador o incluso investigaciones por parte de los órganos para la Defensa de la Libre Competencia, y se lo pregunto también a Choi, que pega un respingo y da un salto hacia atrás y está a punto de tropezar con un nudo de cables.

—No hay ninguna ley que prohíba el patrocinio —dice Choi—, lo único que está prohibido es el patrocinio encubierto: nosotros no engañamos a nadie.

De modo que la ficción ve cuestionada su autonomía por la presencia asfixiante —hay que ver un capítulo entero de *El sueño de Jiju* para comprenderlo— del patrocinador. Me permito insinuar la posibilidad de un conflicto entre la ficción —la calidad de la ficción— y el patrocinio y Choi emite una risita histérica y se lleva una mano a la boca:

—Imposible —dice—, porque tenemos los mejores guionistas de toda Corea. Esa gente ha estudiado en Los Ángeles y sabe lo que se hace.

Tengo que decir que Choi no es ni mucho menos el actor principal de esta exitosa telecomedia sino la única persona a la que he tenido acceso. «Lo siento, solo tenemos a Choi Chi Soo» (me pareció que en el Departamento de Prensa de la KSC contaban con que me diera por vencido, y eso me animó a seguir adelante). El trabajo de Choi como actor no me interesa nada —el trabajo admirable de los actores— y sus reflexiones baratas acerca de los personajes y la trama tampoco, pero es obvio que yo sí le intereso a él. Creo que no termina de entender que yo no trabajo en ningún libro sobre la nueva ola de ficción coreana sino en una serie de artículos de fondo sobre la burbuja del café en Corea del Sur. El personaje que encarna Choi es el segundo de a bordo en la Oficina de Atención al Contribuyente de Jiju, pero es diez años mayor que el protagonista Park, lo cual origina un montón de situaciones chocantes y supuestamente divertidas en las que se cuestiona la conveniencia de un sistema de jerarquías —el éxito y el dinero pero sobre todo la edad— tan estricto como el coreano.

—Creo que mi personaje funciona muy bien en ese sentido.

Así que ahora el actor Choi es mecanicista y se interesa por su personaje como parte de una gran maquinaria de ficción y no como una oportunidad personal después de muchos años encasillado en papeles muy secundarios y a veces sin frase —guardia de puerta de un palacio imperial y cosas por el estilo— en dramas históricos ambientados en la época Joseon. Un pequeño apunte gremial. A la entrada de algunos palacios imperiales de Seúl como Deoksugung o Gyeongbokgung, o en otros lugares de gran afluencia turística como la torre de Namsan, hay un cuerpo de guardia de falsos soldados imperiales vestidos al estilo de la época Joseon y el objeto de ese cuerpo de guardia no es otro que complacer a los turistas, que pueden hacerse fotografías junto a los soldados e incluso tirarles de las auténticas barbas postizas que cuelgan de sus orejas. La ficción coreana —televisiva o cinematográfica— vive un momento dulce pero nunca habrá tantos papeles como actores y además no es fácil envejecer en este oficio, así que muchos actores en horas bajas aceptan ese tipo de encargos y redondean —digámoslo así— sus ingresos ensayando gestos solemnes y pasos marciales delante de los turistas. Lo cual al fin y al cabo es una forma de interpretación, dado que no son auténticos soldados de la guardia imperial sino actores en apuros. Pero algunos actores agremiados han considerado que esto era un descrédito para la profesión y el resultado ha sido la prohibición de contratar auténticos actores —actores agremiados— para este tipo de trabajos. Todo esto ha cerrado una puerta (o salida) laboral a los actores y ha propiciado que muchos de ellos prefieran no agremiarse. Abordemos de una vez el asunto del futuro profesional de Choi. Es obvio que el actor intenta hacerse imprescindible por medio del personaje, es una aspiración legítima sobre todo si tenemos en cuenta que en las revistas de actualidad televisiva el personaje que encarna Choi ni siquiera aparece entre los diez más populares —queridos u odiados— de la serie *El sueño de Jiju*. Durante toda nuestra conversación, el actor Choi se esfuerza por trasladar la idea de que si no fuera por su personaje la serie *El sueño de Jiju* —picos de audiencia de un veinticinco por ciento en Seúl y un veintidós por ciento en el resto de Corea, entre una oferta de canales tendente al infinito— se vendría abajo.

—¡Cuidado!

Hemos estado a punto de ser arrollados por un operario que empujaba una cámara siguiendo el curso de unos raíles. ¿Cómo es posible que Choi, que lleva más de treinta años metido en esto, elija siempre un nudo de cables, una mesa de sonido o los raíles por los que se desplazan las cámaras para detenerse a conversar? Los técnicos del audiovisual coreano —los que tiran cables como si esparcieran pienso para gallinas— y los chicos y chicas de producción —los que trasladan órdenes por medio de *walkie-talkies* y se encargan de que nadie se meta en el plano— se parecen mucho a los técnicos del audiovisual y a los chicos y chicas de producción de cualquier otro lugar del mundo, con sus zapatillas chillonas y sus Levi's desgastados y sus camisetas por fuera del pantalón. Volvamos a la carrera de Choi y a los fantasmas que la rodean. La edad, el paso del tiempo, delicado asunto. En la Oficina de Atención al Contribuyente de Jiju hay un personaje que gana minutos con cada emisión. Se trata de Kim Gab Soo, un joven subalterno e incompetente hasta resultar encantador. Su capacidad para cometer errores supera lo imaginable y despierta entrañables sentimientos paternales en Park Ji Il y también en el espectador. La popularidad creciente del personaje Kim Gab Soo en las revistas para fanáticas de la ficción televisiva es un hecho. Kim tiene el pelo teñido de caoba, como muchos jóvenes coreanos de su tiempo, gasta unas gafas grandes de concha negra y chalecos de rombos y pajaritas y tiene andares desgarbados y unas piernas como alambres y, en conjunto, es bello como un cisne pero aún no lo sabe. Lo sabe toda Corea menos él, es un caso de patito feo a punto de romper la barrera del sonido o el cascarón de su propia belleza y el público empieza a removerse en sus asientos y se pregunta cuándo estallará el fenómeno. ¡Ah, el cariño del público! Pero hay algo peor que la ausencia de cariño por parte del público y es la indiferencia. ¿Qué se puede hacer contra eso? Tampoco podemos pasar por alto el hecho de que el joven subalterno es el único personaje relevante menor de treinta años y mayor de once. La telenovela coreana se alimenta sobre todo de carne de actores jóvenes, pero en *El sueño de Jiju* los protagonistas avanzan hacia la mediana edad y sus hijos aún no se han asomado al florido jardín de la adolescencia.

—Es una serie revolucionaria en ese sentido —dice Choi—, con unos guiones muy valientes.

Pero a mí me da la impresión de que, revoluciones aparte, los guionistas de *El sueño de Jiju* empiezan a tentarse la ropa y han asumido que no se puede aguantar mucho tiempo en antena sin la aportación de la juventud actoral y, de momento, entre los hilos narrativos de la trama, flota la crisálida de un nuevo amor: los ojos de Min Young, la joven dependienta de la cafetería Hot & Cool Coffeeshop, centellean cada vez que asoma por la puerta el joven funcionario Kim.

—¿Dónde está mi frappuccino?

Todo el universo ficcional de *El sueño de Jiju* cabe en un estudio de la KSC, me refiero a los interiores más recurrentes, además del propio Hot & Cool

Coffeeshop: la oficina de Atención al Contribuyente, la casa de los Park, la Jefatura Provincial de Busan y el aula donde estudian los dos hijos del matrimonio Park, porque resulta que los dos hijos de la familia Park, pese a tener once y siete años, asisten a una misma clase donde aprenden las cuatro reglas rodeados de niños de todas las edades, como en una de aquellas escuelas rurales de los años cuarenta. Este punto, que desde luego no tiene ninguna verosimilitud, ha suscitado quejas por parte de la comunidad educativa y del Gobierno de la provincia de Gyeongsang del Sur.

—Solo se trata de resaltar el contraste entre el Colegio Americano de Itaewon y una escuela de primaria en la Corea rural y más profunda —explica Choi, que enseguida me avanza que los guionistas ya están revisando este punto para llegar a una mejor adaptación a la realidad coreana.

Me interesa la relación de Choi con los guionistas, es obvio que es una relación vertical y de poder en la cual el actor lleva la peor parte. Solo cabe preguntarse cuánto tardarán los guionistas —esos guionistas que han estudiado en Los Ángeles y que saben lo que se hacen— en dar por amortizado el personaje de Choi y cuánto tardará Choi en comprender que la ficción es un extraño mecanismo en el que ninguna pieza es imprescindible, y mucho menos él. Y hablando de máquinas, no acabo de entender cómo funciona todo esto. Llevamos veinte minutos merodeando por los estudios, nos hemos sentado en el sofá del salón de casa de los Park, hemos puesto los pies encima de la mesa en la Oficina de Atención al Contribuyente de Jiju y todo eso ha estado bien, pero yo me pregunto cuándo empieza la acción.

—Aquí se rueda siempre a en punto.

Choi se saca del bolsillo de la americana unos papeles arrugados que resultan ser una especie de estadillo donde todo el mundo puede enterarse de dónde tiene que estar a las horas en punto. A veces se ruedan dos o tres escenas a la vez, el director sabe delegar. Todavía quedan otros veinte minutos.

Y, por fin, el café: el Hot & Cool Coffeeshop.

—¿Dónde está mi cappuccino?

—¡En Hot & Cool Coffeeshop!

En Hot & Cool Coffeeshop todo es de verdad salvo los clientes y los empleados, que son actores. Hay verdadero café de verdaderas variedades y verdaderos muffins y auténticos trozos de auténtica tarta y en realidad también hay unos empleados, pero no son los empleados de Hot & Cool Coffeeshop sino unos camareros o incluso baristas a los que paga la cadena KSC por tostar el café y servirlo y por hornear la bollería. Todo es gratis. No es un milagro. Se llama *catering*. El *catering* es de Hot & Cool Coffeeshop. ¿Y qué pasa con *The First Shop of Coffee Prince*?, ¿vamos a hablar de una vez de ello o no? En julio y agosto de

2007 la cadena MBC emitió la serie *The First Shop of Coffee Prince*, que luego se vendió al mercado hispano con el título *El príncipe del Café*. El joven heredero de un grupo de alimentación se hace cargo de una cafetería decadente, Coffee Prince, y después de una serie de rodeos argumentales tiene que admitir que se siente atraído por uno de sus empleados. Solo que en realidad no es un empleado sino una muchacha que se ha hecho pasar por hombre para conseguir ese empleo como barista.

—Nada que ver, nada que ver —dice Choi—. *Coffee Prince* en realidad era un producto muy reaccionario donde las pulsiones homoeróticas se presentan como un problema y al final ocurre lo que tenía que ocurrir: el chico se lleva a la chica.

Pero yo no preguntaba sobre el tratamiento de la homosexualidad en Coffee Prince sino sobre el café. Son dos series de televisión y un mismo fenómeno, los coffee shops en Corea. Además, todos sabemos que en *El sueño de Jiju* también va a ocurrir lo que tenía que ocurrir: el chico se llevará a la chica. El joven subalterno de la Oficina de Atención al Contribuyente y la empleada de Hot & Cool Coffeeshop escribirán una página más en la historia del romanticismo audiovisual coreano y eso es lo que yo encuentro interesante aunque Choi mire para otro lado: *El sueño de Jiju* aún está sin escribir y los guionistas entregan los guiones de una semana para otra, como en una verdadera edad de oro de la industria audiovisual. Comprendo que ha sido un error mencionar *El príncipe del Café*. Es posible que toda la conversación haya sido un error desde un principio y para resarcir a Choi, que después de todo ha sido muy amable contestando a mis preguntas acerca de la autonomía de la ficción y otros temas menores, le digo que valoro mucho lo que hace. El oficio de actuar. Expresar emociones, no tropezarse con los muebles y, sobre todo, memorizar el guión. La memoria admirable de los actores aunque a veces no haya nada que memorizar, por ejemplo cuando eres guardia de puerta en el palacio del rey Sejong el Grande, creador del alfabeto y cuarto rey de la dinastía Joseon.

—Bueno, algunos papeles son más fáciles de memorizar que otros —admite Choi, y creo que no intenta ser irónico.

Pero estamos en Hot & Cool Coffeeshop y yo he pedido un cappuccino y ahora lo tengo en la mano y lo mejor es que los cuatro mil wones siguen en mi bolsillo. Es una sensación maravillosa, algo parecido a un sueño. *El sueño de Jiju*. En los sueños hablamos idiomas que no hemos aprendido y hacemos cosas que no sabemos o podemos hacer, como por ejemplo volar. ¿Dónde está mi segundo cappuccino? En Hot & Cool Coffeeshop. En los sueños también obtenemos cosas que en realidad están fuera de nuestro alcance y muchas de ellas son gratis, como todos estos cafés y todas estas magdalenas. Se acerca la hora en punto y ha sonado un primer aviso. Después, un segundo bocinazo y finalmente algo que parece una sirena de fábrica. Se aproxima una chica de producción —gorra de béisbol roja— y me dice que si quiero quedarme tengo que situarme detrás de una especie de burladero. Me da la impresión de que Choi quiere que me quede. Desde luego, es una gran oportunidad pero a mí no me interesa en absoluto. Choi se dirige hacia la esquina de la Oficina de Atención al Contribuyente y yo le digo que respeto demasiado su trabajo y que no quisiera molestarle ni violar su esfera de intimidad. Así que me largo, cierro los ojos y Hot & Cool Coffeeshop, la única cafetería de Corea en la que todo es gratis, desaparece. El sueño (de Jiju) ha terminado.

Un crujido en la cabeza de Fernández

Había, en la puerta de un 7-Eleven, entre el albergue de Yun y un restaurante diminuto donde vendían empanadillas al vapor y sopa picante, un cerezo enano lleno de botoncitos temblorosos y a punto de estallar. «A lo mejor este cerezo es todos los cerezos y todos los cerezos son este cerezo», pensó Fernández. Una mañana, el viento tumbaba los carteles con los que las tiendas anunciaban sus ofertas especiales y removía los nudos de cables que colgaban de los postes de la luz y Fernández, que se había instalado en una silla de plástico a la puerta del 7-Eleven, permanecía atento a las evoluciones de aquel cerezo. «A lo mejor este cerezo no es el cerezo», pensó Fernández después de una hora de observación ininterrumpida, y se levantó y echó a caminar y enseguida le pareció escuchar a sus espaldas un crujido y cuando volvió la vista le pareció que efectivamente había estallado alguno de esos botones y ahora había un aleteo rosa alrededor de aquel cerezo enano y aunque Fernández no estaba en condiciones de asegurar que aquello fueran ya las flores («las flores florecidas») no pudo resistir la posibilidad de convertir estos dos elementos —el crujido de origen indemostrable y el posible aleteo— en una manifestación mágica o medio mágica de las fuerzas del universo y le pareció que todo aquello era lo suficientemente profundo como para dejar de pensar durante una temporada y se metió en un café llamado Coffee Radio, que ocupaba la primera planta de un edificio gris que había en la trasera de los almacenes Uniqlo. Había vigas vistas, un reloj que daba la hora atrasada y tres colegialas que compartían un banana-split. Sonaba pop de fácil escucha. Fernández pidió un mocaccino, se acomodó en una banca corrida, junto a una estantería de libros manoseados y pensó: «En Seúl, un crujido anuncia el nacimiento de la flor del cerezo». Después de esto, Fernández pasó un buen rato hojeando un libro de Allan Pease sobre lenguaje corporal. El libro estaba escrito en coreano aunque la portada decía BODY LANGUAGE en inglés, y en las guardas había un anuncio, también en inglés, que ofrecía la posibilidad de contar con el mismísimo Allan Pease como ponente para un seminario o ciclo de conferencias. El libro dedicaba mucho espacio al asunto de cómo sentarse en una silla y cómo colocar las sillas en caso de reunión. Cómo negociar, dónde poner las manos (nunca en los bolsillos, salvo que seas el príncipe Harry y quieras trasladar la idea de que eres un muchacho corriente, con tus dudas e inseguridades), y salían muchas fotos de mucha gente famosa como Gerry Adams, Sadam Hussein, Hitler, Lady Di, Jodie Foster, Richard Nixon y Mao Zedong. También se explicaba cómo dar la mano de forma que no la confundieran con un rodillo de alisar masa de pizza o con un manojo de zanahorias, un pescado o una pala de ping-pong. «En Seúl, un crujido anuncia el nacimiento de la flor», pensó Fernández. Había dos camareras y cada una llevaba una camiseta distinta. Así que no iban uniformadas. No cabía duda de que en este Coffee Radio eran unos verdaderos amantes del verdadero café. Tenían una vitrina con productos a la venta y además de tazas y saquitos de café había cafeteras y filtros. Pero a veces en los cafés, o al otro lado de los cafés, también ocurrían cosas y esta vez, en este Coffee Radio que había detrás de los almacenes Uniqlo, en los alrededores de Myeongdong, al otro lado de la cristalera, ocurrió la cosa. Se murió una persona en el edificio de enfrente. Fueron a buscarlo los del 119 pero se lo tomaron con calma porque en realidad no había ninguna prisa y lo hicieron todo con mucha ceremonia y en lugar de enfermeros parecían empleados de pompas fúnebres. Las camareras sin uniforme del Coffee Radio, las estudiantes de secundaria que compartían un banana-split, una mujer elegante que bizqueaba y el propio Fernández, todos, suspendieron sus ocupaciones y se agolparon contra el cristal y el Coffee Radio se convirtió de pronto en el café universo a escala mundial. «En Seúl, un crujido anuncia el nacimiento.» Aunque el cuerpo estaba cubierto por una manta, Fernández se había dado cuenta de que era un hombre y no una mujer porque, cuando los camilleros trasladaban el cadáver del portal a la ambulancia, el brazo derecho cayó por el costado de la camilla y eso originó unos gestos de espanto en los que andaban por allí abajo. Era con toda seguridad el brazo de un hombre, dentro de una americana. Los camilleros tuvieron que salvar un obstáculo para terminar de encajar la camilla en la furgoneta, tal vez fuera un botiquín de mano, o unas cinchas, una manta mal doblada o un radiotransmisor. Fuera lo que fuera, ese obstáculo prolongó la operación hasta el infinito y hubo tiempo para que un hombre de la calle —acaso un viejo amigo del difunto a quien la imagen del brazo colgando resultaba demasiado dolorosa— se acercara hasta la camilla y recogiera el brazo y lo guardara debajo de la manta en lo que constituyó el último apretón de manos del amigo o vecino, y primero del muerto. ¡El brazo muerto del muerto! El lenguaje corporal de aquel muerto. La pala de ping-pong, la zanahoria y el milagro de vivir y la posibilidad de otro mocaccino

—4300 wones— en el Coffee Radio de Myeongdong. Fernández apoyó la nuca en la pared y pensó: «En Seúl, un crujido». Entonces le estalló en las narices el olor de su segundo mocaccino y el aroma de canela ascendió por sus fosas nasales y se extendió luego por todo el cerebro hasta irrigarle una sensación de bienestar definitiva y fuera de toda duda, y un par de días después el florecimiento de los cerezos era un hecho consumado y definitivo, o mejor dicho casi definitivo, porque en el patio del albergue, el encargado Yun reía como un gallo y arrastraba sus sandalias, dibujaba formas verdiazuladas con el humo de sus cigarrillos y aplastaba las colillas contra la base de un cerezo que todavía no había florecido. «Este es el cerezo», pensó Fernández y, de hecho, cuando volvieron a llamarle de la Agencia Favorecedora de la Internacionalización de la Economía Coreana y le dijeron: «Bueno, parece que los cerezos ya han florecido», se vio con fuerzas suficientes como para responder: «No es verdad, yo tengo delante un cerezo y ese cerezo no ha florecido».

—Es extraño: es muy extraño.

6.

Rogers y Hammerstein
reestrenan en Itaewon

El hombre de negocios Frank dice que es de Oklahoma. Sin embargo, desde un primer momento tengo la impresión de que Frank no viene directamente desde Oklahoma y yo juraría que su vida no ha sido, por decirlo de alguna manera, un camino de rosas. Es muy probable que Frank de Oklahoma en realidad no se llame Frank, pero como es un hombre misterioso, por no decir directamente oscuro, le seguiremos llamando Frank.

—No vas a escribir un artículo sobre mí.

Pero hagamos un poco de historia.

Frank es un hombre de negocios, ¿qué tipo de negocios? No lo sé y prefiero no saberlo. La primera vez que veo a Frank es en la estación de metro de Itaewon, que es el barrio que hay junto a la gran base —veinte mil soldados— del Ejército de los Estados Unidos.

No es la zona más interesante del mundo (ni de Seúl) pero a veces hay que dejarse caer por ahí —embajadas, consulados y hombres de negocios extranjeros que ya han hecho lo que tenían que hacer en los centros de finanzas y ahora buscan un poco de esparcimiento entre iguales— y creo que eso es exactamente lo que hace Frank. Se deja caer por Itaewon, y a ver qué pasa. Salimos juntos del vagón y, antes de enfilar las escaleras mecánicas, Frank me saluda. Frank, que no cumplirá ya los cincuenta años, lleva un maletín de hombre de negocios en una mano y en la otra una bolsa de la cadena de tiendas de cosméticos Nature Republic. De modo que es él quien me aborda a mí y no yo el que lo aborda a él para preguntarle por una dirección o algo por el estilo. Me dice que es de Oklahoma y enseguida le hablo de Rogers y Hammerstein y le digo que en mi opinión *Oklahoma!* constituye una de las cimas del teatro musical de Broadway y que me parece que está a la altura de *Sonrisas y lágrimas* y muy por encima de *South Pacific* o de *Carousel*, todas ellas de los mismos Rogers y Hammerstein, y Frank me dice que precisamente su hermano ha sido bailarín profesional y que, de hecho, participó en un montaje de *Oklahoma!* que se hizo en Broadway a mediados de los años setenta. Le digo varias veces que me siento muy honrado en ese caso, y antes de salir a la superficie me explica que ha ido a Corea para hacer negocios pero no me dice qué tipo de negocios y yo le pregunto si esos negocios tienen algo que ver con las tiendas de cosméticos y Frank mira su bolsa de Nature Republic y luego se me queda mirando y dice: «En cierto sentido, sí». Cuando le cuento que estoy en Corea escribiendo una serie de artículos sobre el fenómeno del café y de las cafeterías, Frank levanta las cejas y se ríe (no puede evitar reírse). Luego se tapa la cara con la mano y dice:

—¡El fenómeno del café! ¡El fenómeno!

Me dice que sus negocios solo tienen que ver con la cosmética «desde un punto de vista filosófico». «No sé si me entiendes», me dice. Obviamente, no lo entiendo, pero le digo que sí porque creo que eso puede ser bueno para la conversación. Pero la conversación ha terminado, Frank me pregunta hacia dónde voy y enseguida comprendo que quiere deshacerse de mí.

—Hasta siempre, Frank.

El caso es que este primer encuentro con Frank altera mi visión del asunto de las tiendas de cosméticos. Empiezo a verlas por todas partes —salvo en Itaewon, donde casi todo son bares y restaurantes de aire occidental, sastrerías y tiendas de ropa más o menos cara— y me salen al paso cuando camino por barrios como Myeongdong, Ehwa o incluso Hongdae. Paso junto a una tienda de cosméticos y enseguida me acuerdo de Frank y tengo la sensación de que yo también soy parte del negocio. En realidad, no me limito a pasar junto a esas tiendas sino que a veces entro y me dedico a respirar no tanto el olor o el ambiente como la idea. La idea central en torno a la cual se mueve todo el negocio es la naturalidad. Embadurnarse los brazos, ponerse mascarillas, pintarse las uñas o estirarse las pestañas es algo tan natural y saludable como comerse una manzana recién arrancada del árbol o hundir la cabeza en un manantial de agua clara y nadar durante media hora. ¿Es verdaderamente natural untarse crema? Ah, pero solo tenemos una vida y sería ridículo dedicarle demasiado tiempo a preguntarse por qué ocurren ciertas cosas en lugar de preguntarse si ocurren realmente: ¿ocurren o son un sueño de la cotidianidad en Corea? Primero es el nombre, y luego viene todo lo demás. Nombres de tiendas de cosméticos: Nature Republic, Olive Young, Innesfree. Una y mil veces sí, es natural, es saludable. ¿Cómo no va a ser natural si se llama Innesfree? La mayoría de las clientas de este tipo de tiendas son chicas de menos de veinte años y sus mejillas son como el reverso de una piel de melocotón. Por supuesto que esas mejillas ya eran así antes de los cosméticos, pero ese tipo de pensamientos no ayudan al negocio ni facilitan la tarea de respirar una idea, en este caso la naturalidad, así que las aparto de mi frente de un manotazo.

Pues bien, un par de meses después vuelvo a encontrarme con Frank, esta vez en la estación de metro de Gangnam, y tiene el mismo aspecto que en Itaewon

—las gafas rectangulares y antiguas, un traje sin corbata y el maletín duro, probablemente vacío— y la mirada igualmente perdida. Esta segunda vez Frank no sujeta ninguna bolsa de ninguna cadena de tiendas de cosméticos y no coincidimos en el andén sino en el vestíbulo, así que la conversación es algo más breve y mucho menos cálida. ¿Somos de pronto Frank y yo unos viejos amigos que se reencuentran en una estación de metro? Por mi parte, sí. Pero no estoy seguro de que Frank me haya reconocido del todo fuera de Itaewon y, cuando le pregunto por sus negocios y la cosmética —ha pasado un tiempo y yo he desarrollado un par de ideas originales sobre el sector, soy un pequeño teórico—, él se limita a hociquear y se pasa el dorso de la mano por la nariz y luego me pregunta si estoy perdido (desde luego que sí, Frank: yo siempre estoy perdido) y me ayuda a buscar en el mapa del metro la mejor manera de llegar hasta Apgujeong. Por un momento fantaseo con una conversación profunda y sincera en la que Frank me desvele la naturaleza de esos negocios suyos que tienen algo que ver con la cosmética, pero solo «desde un punto de vista filosófico». Frank se quita las gafas y pega las narices al mapa. Me digo: «He aquí un americano de vista cansada». Le explico a Frank que estoy en Gangnam porque me he enterado de que la cadena de cafeterías Café Pascucci (grupo SPC) anda repartiendo trozos de tarta entre los barrenderos de este distrito «con la intención de mostrar respeto y aprecio hacia las personas que trabajan duro en cualquier lugar de la sociedad», según he podido leer en el *Korea Herald*.

—Quiero ver cómo es eso de repartir trozos de tarta para mostrar respeto a los barrenderos.

—Interesante —dice Frank.

Desde luego que Frank es de Oklahoma, pero solo en principio: está toda esa historia de su hermano, que ha trabajado en el montaje de *Oklahoma!* y que en nuestro primer encuentro me parece de lo más verosímil y eficaz aunque esta segunda vez me pregunto: «¿Qué sentido tiene?, ¿acaso en el musical *Oklahoma!* solo contratan gente de Oklahoma?, ¿qué podemos pensar?». Podemos pensar casi cualquier cosa acerca de Frank y debemos hacerlo: que se trata de un espía, o de un policía militar de paisano, de un farsante o incluso de un hombre de negocios (sucios) que hace regalos (no son regalos) a chicas con las que mantiene relaciones poco edificantes. Así que le propongo tomar algo en cualquiera de los muchísimos bares o cafeterías que hay por Gangnam y hablar un rato. Todos los expatriados lo hacen de vez en cuando. Frank se ríe y me dice: «¿Un café en Gangnam?, imposible». ¿Qué pasa con Gangnam? La idea reinante es que Gangnam no es lo que parece o lo que quiere parecer, el distrito del buen dinero y del prestigio social, sino un revoltijo de gente que quiere y no siempre puede. En Gangnam menudean los hombres con el cuello almidonado y las mujeres con labios de porcelana que dan la impresión de haber llegado a algún sitio, aunque solo sea a Gangnam, pero, de un tiempo a esta parte, fuera de Gangnam se extiende la opinión de que esta gente —hombres y mujeres llenos de aspiraciones y con el cerebro destrozado por las tendencias— en realidad no ha llegado a ningún sitio. Hay, por tanto, un estado de ánimo respecto a Gangnam (contra Gangnam) fuera de Gangnam y tanto Frank como yo nos hemos contagiado de ese estado de ánimo y por eso yo me he apresurado a darle una explicación de mi presencia en Gangnam. ¿Pero qué hay de ese café, Frank?, ¿qué hay de esa cerveza y de esa conversación —ligera y profunda a la vez, llena de reflexiones sobre el fenómeno del café, las tiendas de cosméticos o la verdadera-situación-social-de-la-gente-de-Gangnam— entre expatriados? Un café o una cerveza, lo que sea. «Imposible, imposible: no sé si me entiendes.» Y antes de separarnos definitivamente, se acomoda las gafas en el puente de la nariz y dice:

—No vas a escribir ningún artículo sobre mí.

—¿Por qué, Frank?

—Repite conmigo: «No voy a escribir ningún artículo sobre Frank».

Fernández en el laberinto consular

El cerezo en cuestión era un cerezo de plástico, es decir, era un auténtico falso cerezo, dado que ni siquiera era un árbol —los llamados falsos cerezos al menos son auténticos árboles— y las hojas falsas que en su día tuvo se le habían caído y por supuesto nunca le iban a volver a crecer y por eso Yun lo utilizaba como cenicero, así que una tarde, Yun aplastó uno de sus cigarros mentolados contra el falso cerezo no florecido y le preguntó a Fernández si le importaba cambiarse de habitación, dado que tenía que disponer de la suya para una reserva más antigua, y Fernández hizo lo que tenía que hacer. Fernández estaba dispuesto a dar todo tipo de facilidades y comprendía las necesidades del servicio y después de todo sabía una cosa: lo más importante es el ambiente. Un buen ambiente hace de cualquier albergue el verdadero hogar de los viajeros de todo el planeta, y no digamos de los europeos y americanos. Cambió sus cosas de sitio y Yun empezó a hacer la cuenta de Fernández.

—Habitación nueva, cuenta nueva —dijo Yun, y más o menos eso fue todo.

Fernández durmió esa noche en algo que se parecía mucho a un cuarto de la limpieza y a la mañana siguiente desayunaba en el porche del albergue y cada cierto tiempo levantaba la vista, miraba en lontananza y pensaba: «A fin de cuentas, todo esto es una cuestión de dinero». Seúl era una cuestión de dinero, gente que hacía algo para obtener algún dinero y gente que ofrecía algún dinero para obtener algo: un producto, un servicio, un cappuccino por 4300 wones. La estancia de Fernández en el alberque de Yun también era ahora cuestión de dinero. Las sopas picantes, las empanadas al vapor y las tazas de café con leche eran cuestión de dinero. Los restaurantes que abrían las veinticuatro horas, los puestos de calcetines, la anciana que vendía raíces en una boca de metro, los corresponsales de guerra belgas, el profesor de Inglés de la academia privada, los jóvenes dependientes de la tienda de telefonía móvil y el encargado de la planta de caballeros de Uniqlo. Todo era una cuestión de dinero, y todo se desarrollaba en un clima de absoluta sinceridad.

Esa misma tarde, es decir, el día después de que Yun —su viejo amigo Yun— le pasara la factura de su estancia en el albergue, Fernández hojeaba, en un Café Pascucci que había en la planta baja de un edificio de oficinas llamado Daeyongak, un número atrasado de la revista *Forbes*.

—Nadie me dijo nada de un visado, menuda estafa. ¿Me puedes prestar un cigarro? No entiendo nada.

Fernández no tenía un cigarro —ni siquiera había zona de fumadores en ese Café Pascucci, aunque era un local fabuloso y con salida a dos calles distintas— pero tenía oídos para oír y comprender que aquel joven necesitaba que alguien lo escuchase. Matthew, profesor de Inglés y australiano, se había propuesto viajar a Shanghái y a Xian, donde esperaba ver los guerreros de terracota «y todo ese rollo». Era tan alto que, cuando se sentaba en una de las butacas acharoladas del Café Pascucci, Fernández tenía que apartarle las rodillas para ver su cara de australiano picada de viruelas. Estaba (Matthew) abatido porque no veía la manera de obtener, en menos de veinticuatro horas, un visado de turista para entrar en China. En la planta catorce de ese mismo edificio Daeyongak estaba la Oficina de Turismo de China. Matthew y Fernández subieron en un ascensor sin botones (había que dar la orden desde fuera del ascensor, uno tenía que saber adónde iba antes de entrar) y Fernández sintió no tanto el dolor como el recuerdo de un dolor en los tobillos, y emitió un suspiro prolongado de puro placer. La empleada de la Oficina de Turismo describió un arco con el brazo para remitirlos al consulado chino y Fernández adelantó el pecho y dijo: «Yo sé», y guio a Matthew por la cuesta del albergue de Yun.

—Aquí vivo yo: mira.

En su camino hacia el consulado les salieron al paso decenas de agentes comerciales que gritaban «¡*chinese-visa!*», «¡*chinese-visa!*». Una vez en la puerta del consulado y con los pulmones llenos de humo, se enteraron de que los visados había que obtenerlos por mediación de una agencia de viajes.

—¡*Chinese visa! ¡Chinese visa!*

Uno de esos agentes los llevó —miraba todo el rato hacia atrás, como el captador de clientes de un vendedor de alfombras— hasta una oficina que ocupaba un entresuelo de un edificio de tres plantas. Había cinco puestos de atención al cliente pero solo había una persona que hablara inglés, así que Fernández y Matthew tuvieron que esperar. La luz de la calle se filtraba por unos ventanucos de cristal esmerilado y permanecía suspendida, atomizada, confundida con el aire viciado de la oficina. Matthew estaba muy agradecido a Fernández por la compañía, Fernández estaba muy agradecido a Matthew por la posibilidad de hacerle compañía.

—¿Tienen ustedes tarjeta verde? Sin tarjeta verde no hacemos nada.

Fernández señaló a Matthew y Matthew dijo que todavía no le habían proporcionado la tarjeta verde.

El oficinista repitió unas cuantas veces la palabra todavía y empezó a mirarlos por encima de las gafas. Luego los mandó a las oficinas centrales de la compañía China Southern, con la que Matthew pretendía volar a Shanghái.

—Este billete no se puede devolver —dijo la empleada desde el otro lado del mostrador. Señalaba hacia el ordenador como si el ordenador fuera el problema, es decir, un problema informático y no una cuestión de tarifas.

En una oficina de inmigración que había al norte de la ciudad, cerca de la estación de metro de Anguk, les miraron el pasaporte y les tomaron el nombre antes de atenderlos y luego les dijeron una serie de cosas que ellos ya sabían. El funcionario que los atendió tenía las sienes hundidas y encima de su mesa había un tríptico de cartón con la frase No hay mal que por bien no venga. Matthew y Fernández volvieron a la calle —el cielo empezaba a sangrar por los bordes— y entraron en un bar diminuto, hecho con planchas de conglomerado y plástico transparente, donde oficinistas de todas las edades bebían jarras de cerveza, comían larvas y se tocaban el pelo. Fernández le preguntó a Matthew para qué quería ir a China, además de para ver los guerreros de terracota y todo ese rollo.

—Yo quería ir a China para conocer China, no sé si me entiendes. ¡Pero vamos a dar una vuelta! Hay un bar en Hongdae.

En Hongdae había miles de bares. Fernández y Matthew se reunieron con otros profesores de Inglés que habían llegado hasta allí desde lugares insólitos y el aroma que desprendían todos esos expatriados cautivó a Fernández: «El extranjero, el hombre esencial: el profesor de idiomas en el extranjero, el hombre esencial quintaesenciado». Este grupo de profesores estaba jerarquizado en función de su lugar de residencia. Los que vivían y trabajaban en el propio Seúl estaban en lo más alto de la pirámide. Matthew bebía de manera alocada y cada cierto tiempo encendía un cigarro y decía: «No necesito ir a China para conocer China/la China que se puede conocer no es la verdadera China». Es decir, Matthew parecía creer (creía) que después de repetir una frase muchas veces la convertiría en realidad. Primero las palabras y luego la idea.

—¿Tú conoces Wonju?, ¿tú quieres conocer Wonju?

—¿Dónde?

Wonju era el corazón y el alma de Corea, Wonju era Corea antes de Corea y Corea más allá de Seúl, decía Matthew. Es decir, que a Matthew, profesor de Inglés y australiano, lo habían destinado a Wonju y Matthew intentaba convencerse a sí mismo (y ahora también a Fernández) de que Wonju era todas esas cosas.

—En Wonju cuesta menos una casa que un café.

—Entiendo.

7.

EL BOLLO DE LECHE MÁS
VENDIDO DEL MUNDO

La cadena Tous Les Jours, del grupo CJ Foodville, celebra que ha vendido más de dos millones de unidades de su nuevo bollo de leche o milk bread y nadie quiere perdérselo, tampoco Kwon Hyeong-joon (chico) y Bae Min-hee (chica). Este bollo de leche tiene la particularidad de que se hace con leche en lugar de con agua. El primer mes se vendieron quinientos mil y, en vista de la buena acogida, se decidió explorar nuevos —y deliciosos— sabores y al cabo de tres meses las ventas han superado las expectativas más optimistas. Para celebrar todo esto, Tous Les Jours se ha puesto a repartir cupones —2100— en su página de Facebook y ofrece descuentos de hasta el diez por ciento a los portadores de la tarjeta de cliente del grupo CJ Foodville. El gran público se ha rendido a la firma Tous Les Jours, cuyos sándwiches cuesta 4500 wones en lugar de 6000, como ocurre en muchos otros cafés. Ahora bien, ¿es Tous Les Jours un verdadero café?, ¿es por lo menos una cafetería? Se puede decir que no o al menos no siempre, dado que algunos locales de Tous Les Jours, por ejemplo el que hay en la llamada o por lo menos autodenominada calle de la Moda de los alrededores de la universidad femenina de Ehwa, en Seúl, son meros despachos de pan —no es exactamente pan— y de bollería y pastelería y ni siquiera hay sitio para sentarse. La llamada y desde luego autodenominada auténtica bollería —*authentic bakery*— constituye un fenómeno real e incuestionable —¿fenómeno real e incuestionable?— en la Corea de hoy en día, y después de una breve meditación cualquiera comprenderá que se trata de dos fenómenos —la auténtica bollería y las auténticas cafeterías— que comparten una misma esencia. Hay que hablar de las cosas que importan. Tous Les Jours forma parte de un gran grupo de hostelería extranjerizante donde también se encuadran los cafés A Twosome Place —de ambientación parecida a la de Starbucks, The Coffee Bean & Tea Leaf o Tom N Toms— y los restaurantes cárnicos Vips Burger y The Steak House. ¡Tous Les Jours!, ¡Tous Les Jours! Hay que hablar de ello. Da la impresión de que Tous Les Jours está ganando, poco a poco, la partida de la bollería más o menos fina a la gran cadena Paris Baguette. Es indudable que Tous

Les Jours se ha hecho un hueco en el corazoncito de los consumidores y no solamente en el de Kwon Hyeong-joon y Bae Min-hee. Kwon y Bae, chico y chica, tienen un corazón cada uno (confirmado) pero esos corazones laten como uno solo desde hace poco más de un año. Se han descargado uno de los 2100 cupones que la cadena ha puesto a disposición de sus seguidores en Facebook y habría que estar ciego para no ver en todo ello un acto de amor entre jóvenes universitarios, aunque no deberíamos hablar de cupones, dado que en realidad es un código alfanumérico que Kwon guarda en su teléfono móvil y que le enseñará a la dependienta cuando llegue el momento de pagar. No obstante, el asunto ahora es la salud, el reverso tenebroso del fenómeno de la auténtica bollería. En la bollería Tous Les Jours han decidido cortar por lo sano y han adoptado la misma técnica que en su día adoptaron los restaurantes de comida rápida McDonald's: «Se dice por ahí que nuestra comida no es saludable y es poco menos que basura: bueno, en ese caso cambiaremos el color de nuestra imagen corporativa y deslizaremos la palabra salud en cada nueva comunicación con el cliente: salud, información nutricional, McDonald's, dieta saludable, pirámides alimenticias, salud, McDonald's». Resulta que Kwon y Bae cenan en McDonald's una vez al mes, y no parece que tengan problemas cardíacos —dos corazones en uno— ni coronarios. Cuando caminan por los alrededores de Ehwa son como dos juncos asociados que avanzan por el río de la vida. En el flequillo de Kwon despuntan unas ráfagas de caoba, Bae se esponja la media melena con el dorso de la mano izquierda antes de hacerse una cola de caballo y hablar:

—Hay un McDonald's junto a la parada de metro de Sinchon, es uno de los más grandes de todo Seúl.

Así que el tamaño importa, o al menos el tamaño de McDonald's, y sin embargo este Tous Les Jours de la calle de la Moda de Ehwa cabría dentro de una furgoneta de reparto y las estudiantes tienen que ponerse de perfil para avanzar entre la mesa central y los expositores. Tous Les Jours: auténtica bollería saludable todos los días. Pero la bollería ya existía en Corea antes de que Tous Les Jours y Paris Baguette abrieran sus puertas y todavía existe: son bollos de verdad y yo los he visto, los venden en pequeños puestos cerca de los colegios y a la entrada de algunos supermercados. Bae y Kwon se miran y se ríen, tapándose la boca con el puño.

—Eso no es *bakery* —dicen.

En los establecimientos de la cadena Tous Les Jours hay letreros en inglés donde se dice: En Corea desde 1997. Lo cual desde luego es muy chocante porque antes de 1997 Tous Les Jours no estaba en Corea ni en ninguna otra parte, dado que es un negocio de capital netamente coreano, aunque este aviso nos lleve a pensar lo contrario. Ahora que sabemos que lo auténtico no es otra cosa que lo extranjero podríamos pensar que los negocios verdaderamente extranjeros juegan con ventaja y nos equivocaríamos: cualquiera puede llegar a ser extranjero o a parecerlo y el resultado es que no hay mucha diferencia entre una cosa y la otra.

Volvamos al auténtico bollo de leche de la cadena Tous Les Jours y al amor o, lo que es lo mismo, a Bae y Kwon, que calzan el mismo modelo de zapatillas (New Balance 574, letra N naranja sobre fondo azul fuerte) y gastan los mismos pantalones pitillo (vaqueros de Uniqlo) pero estudian en universidades distintas (ella en Ehwa, él en Yonsei) y por tanto no pueden llevar la misma cazadora, como muchas otras parejas de novios. Pensemos mejor en lo que los une. Por ejemplo, la auténtica bollería de Tous Les Jours. Este bollo de leche que nos ocupa es nada más, y nada menos, que un bollo de leche pero lo mejor que tiene este bollo es su brevedad. O su ligereza. Y no obstante dos millones de bollos de leche son muchos bollos de leche y cabe pensar que en algún momento a lo largo de estos tres últimos meses este bollo de leche haya sido, aquí en Corea, el bollo de leche más vendido del mundo, es decir, el bollo de leche más vendido del mundo aquí y ahora mismo o en este preciso instante o, por decirlo vulgarmente, en un momento dado, y por tanto es un fenómeno al que hay que prestar atención. Por supuesto que sí. La mecánica es la siguiente: los clientes entran, agarran una cesta de alambre y la llenan de bollos, trenzas de hojaldre, pizzas diminutas y pan de molde. Pasan por caja, pagan y se largan. No se puede decir que el país haya enloquecido a causa del nuevo bollo de leche o al menos yo no soy testigo de ello y, de hecho, Bae y Kwon solo deslizan uno de esos bollos de leche en su cesta. Compran otros productos para los cuales el bono descuento de Facebook no les servirá de nada, y yo se lo hago notar.

—No es por el descuento.

Así que no hay una fiebre del bollo de leche y eso me decepciona y me desconcierta hasta que comprendo (o acabo de comprender) que los números no son aquí lo esencial sino lo accidental, una mera manifestación de lo que de verdad importa, que es el amor y sobre todo el amor entre universitarios. Es una tarde de miércoles en lo más alto de la primavera y al otro lado del cristal hay miles de tiendas de ropa con las puertas abiertas hacia fuera y el género expuesto en la calle y las alumnas de la Universidad Femenina de Ehwa se dejan caer desde la boca de metro y se entregan a un parloteo juvenil y arpegiado. A la salida de Tous Les Jours, Bae se cuelga del brazo de Kwon y los dos novios comienzan a zigzaguear y las oscilaciones de la cola de caballo de la joven Bae dejan una estela azul y conmovedora en esta calle de la Moda del barrio de Ehwa. De modo que tal vez la auténtica bollería en Corea no sea auténtica bollería pero es conmovedora —emocionante— y el bollo de leche de la cadena de auténticas panaderías y seudocafeterías Tous Les Jours es el bollo de leche más vendido del mundo y el más conmovedor o al menos lo es en un momento determinado o, lo que es lo mismo, cabe la posibilidad de que lo sea, y no deberíamos cerrar este asunto sin aclarar que dentro de cada uno de estos bollos de leche anida un corazón de crema blanca y efectivamente lechosa que no hace daño a nadie: un auténtico corazón de bollo de leche.

Fernández conoce a James Huh

En el autobús que lo llevaba a la ciudad de Wonju, Fernández conoció a un hombre llamado James Huh que había vivido treinta años en California y que hablaba mucho pero muy bajito, sin separar casi los labios. Huh leía el periódico con mucha diligencia, alisándolo con el dorso de la mano derecha después de cada operación de plegado y desplegado. Era un hombre de negocios, tenía tres hijos en California pero solamente uno de ellos —el mediano, Fernández encontró que esto era un detalle muy bien escogido y que aportaba mucha verosimilitud al relato— hablaba un poco de coreano. Cuando Fernández le dijo que era español, el señor Huh le preguntó si era futbolista. El señor Huh tenía la manía de aspirar mucha saliva de golpe y formar un pequeño escándalo con los carrillos, lo cual daba la impresión de ser el anuncio de algo, el principio de una frase de cierto alcance, una queja o una confidencia, aunque muchas veces no había nada después. Huh sorbía, salivaba un rato y no decía nada hasta pasado un tiempo. Se le cayó la americana al suelo, Fernández le ayudó a recoger monedas y luego comprendió que había llegado el momento de mirar por la ventana: valles que parecían amontonamientos de brócoli y ristras de edificios blancos y residenciales numerados a partir del 101.

—El dinero nunca duerme —dijo el señor Huh—, ¿y tú dónde vas a dormir?, ¿adónde dices que vas?

Fernández le enseñó el papel donde había apuntado la dirección de Matthew, y el señor Huh lanzó un silbido y retomó el hilo de su propia historia. En un mes se volvería a California, ahora iba a Wonju para reunirse con algunos amigos y llevaba de regalo una botella de un licor chino de cincuenta y tres grados. «Para bebérnosla esta noche.» Antes de separarse, en el vestíbulo de la estación de autobuses, intercambiaron las tarjetas y Huh le dijo a Fernández que si tenía cualquier tipo de problema en Wonju, con la policía o con el ayuntamiento, no dudara en llamarlo. A Fernández le pareció extraño que un hombre como James Huh, alguien que aparentemente movía los hilos de la política y de la policía, aunque solo fuera a escala municipal, se desplazara por el país en autobuses de línea. «A lo mejor es un gánster de chichinabo», pensó Fernández ilusionado, y empezó a abrirse paso entre una gran masa de estudiantes, soldados y excursionistas (en las inmediaciones de Wonju había una universidad de prestigio, un cuartel de infantería y un gran parque nacional). Matthew le había dado indicaciones sobre cómo llegar hasta la puerta misma de su casa —«saldrás de la estación, cruzarás una avenida, cogerás el autobús 456 que te llevará hasta el valle de Hoechon, te bajarás en esta parada, verás un 7-Eleven»—, pero luego le había preguntado la hora exacta de su llegada a la estación de autobuses de Wonju y eso había dado comienzo a una gran cadena de malentendidos. Fernández dejó pasar una hora hundido en un sillón de orejas de una cafetería de la cadena Angel-in-us Coffee, asomado a una gran cristalera y sin perder de vista el vestíbulo de la estación de autobuses: «Aparecerá Matthew y mirará a todas partes, me levantaré y le haré señas con los brazos/Matthew no aparecerá». Después salió a la calle y siguió a pie el itinerario del autobús 456 parada a parada. Dado que la ciudad de Wonju estaba cien kilómetros al sureste de Seúl, y dados los desplazamientos ascendentes o zigzagueantes de la primavera, Fernández tuvo la impresión de que habían transcurrido tres semanas en un par de horas y durante un rato —el sol sacaba esquirlas de plata de los neones apagados, el viento movía los cables de la luz— caminó abismado en meditaciones sobre el paso del tiempo y la elasticidad de las cosas duras. Atravesó un mercado y en ese mercado había un puesto de pescado vivo y muerto y por encima de ese puesto de pescado había una lona verde por la cual se deslizaba un gato redondo y rayado —gris/negro/ blanco/gris/negro— y con la cola vertical. Enseguida se originó una corriente de simpatía —un fenómeno físico— entre Fernández y ese gato redondo y enseguida empezó a deslizarse por la frente de Fernández la idea de que él podía convertirse en ese gato con un solo movimiento de la voluntad y pasarse el resto de sus días andando con pies de gato por encima de una lona verde. Fernández levantó los brazos y empezó a moverlos en suaves ondulaciones —«¡miau!»— y fue entonces cuando echó de menos su equipaje, su pequeña y compacta maleta de hombre de mundo que viaja a Asia para cinco días, así que volvió sobre sus pasos hasta la estación de autobuses y preguntó en la oficina de objetos perdidos y miró entre los bancos de los andenes (dársenas) y también preguntó en la cafetería Angel-in-us Coffee y en ninguna parte le dijeron nada que le interesara, y en alguno de estos sitios no le dijeron nada de nada.

—No te preocupes porque este es un país de locos —le dijo luego Matthew— y aquí nadie roba nunca nada, así que ya la encontrarás. De todos modos, conozco una tienda donde venden ropa de segunda mano. Toda mi ropa es de segunda mano, ya hay demasiada ropa en el mundo.

8.

«¿QUÉ COÑO ES UN BARISTA?
¡YO SOY UN BARISTA!»

Al sur de Corea del Sur, en Busan —Pusán en la romanización antigua—, Lee Hyun-ki, Pak Jeong-soo, Jung Ju-eun y otros baristas de campeonato —Campeonato de Baristas de Busan, por supuesto, pero también Campeonato Nacional de Baristas de Corea e incluso algún Campeonato Mundial de Baristas— emplean sus días tostando granos de café y haciendo mediciones milimétricas en un lugar llamado Momos. Este Momos Café ocupa un chalet de dos plantas con balcones y saloncitos separados y cuenta con un jardín de bambú —tinajas para guardar el kimchi, bancos y mesas de madera y un caminito de piedras— y no es fácil conseguir sitio. No está en la zona más chic de Busan ni en su corazón financiero sino al otro lado de la parada de metro —el metro de Busan consta de cuatro líneas y un ramal— de

Oncheonjang, entre fruterías, tiendas de conveniencia y casas de particulares. Hagamos un poco de historia en lugar de preguntarnos qué hace un negocio tan extraordinario en un barrio tan discreto (tampoco es un barrio ordinario, aunque a veces aparque por allí la furgoneta de un repartidor de ajos). En 2007 —año 0— Momos era un pequeño puesto de café-para-llevar frente a una boca de metro. Un año después se anexionaba la planta de arriba y al año siguiente el negocio se extendía al fondo de la planta primera. En enero de 2010 se abría la sección de panadería y bollería y en marzo de ese mismo año comenzaban a funcionar el Laboratorio del Café y la Academia del Momos Café. Entretanto, se afianzaba la línea de distribución de café y la venta por Internet y los baristas de Momos acumulaban participaciones y menciones especiales en campeonatos locales, nacionales e internacionales. Menciones especiales y Copas de Excelencia. ¡Barista! Una palabra eficaz, capaz de evocar en solo tres sílabas el trabajo bien hecho, la calidad del producto, la clase y el confort. En principio, un barista es una persona que trabaja detrás de la barra y se ocupa de hacer los cafés, pero también es la persona que se encarga de tostarlo: el tueste y el microtueste. Al barista se le suponen unas cuantas ideas propias a la hora de tostar el café y unos mínimos conocimientos en geografía universal: conviene que sepa situar en el mapa países como Costa Rica,

Kenia o El Salvador. En ningún sitio está escrito que un verdadero y buen barista deba tener la afición de concursar y competir con otras decenas de baristas, pero es un mérito en la carrera de cada uno de ellos y sirve para dar visibilidad al café en el que trabajan (muchas veces es su propio negocio) y propicia que estos cafés aparezcan luego reseñados en la sección «Vida y Estilo» y en los blogs de fanáticos del café.

El mundo está lleno de campeonatos mundiales de baristas —también hay campeonatos mundiales de probadores de café en los que se trata de reconocer una variedad de café por su sabor y aroma—, pero ahora mismo el más importante de todos ellos parece ser el World Barista Championship, que se celebra cada año en una ciudad diferente y que gana cada año un barista de un país distinto. No cabe duda de que todos estos baristas aman lo que hacen, y esto no pretende ser irónico en absoluto. Sonríen a cámara y por extensión sonríen a la vida, entre otras cosas porque la vida también les sonríe a ellos y a sus cortes de pelo y a sus gafas de montura insólita. Muchos de ellos, aun dentro de sus uniformes de barista, visten con una elegancia exquisita y antigua que remite inevitablemente a la idea de un trabajo bien hecho, gusto por los productos de alta calidad, vocación de servicio, etcétera. Esta idea —tal vez este autoconcepto— del barista como alguien de vida interesante que ama lo que hace y es feliz tostando café para los demás hay que entenderla como parte de una idea superior o estrategia, la del café como fórmula de bienestar y felicidad. El café irradia felicidad y el barista es dador de felicidad.

Algunas grandes cadenas se han dado cuenta de que la palabra barista funciona, por decirlo en términos de marketing, y la han incorporado a su imagen corporativa y a su fraseología como una divisa. Coco Bruni: barista y chocolatier. El caso de Paul Basset es diferente. Paul Basset: barista. Primero fue el barista y luego todo lo demás. El camarero australiano Paul Basset nunca volverá a escuchar la palabra Boston sin esbozar una sonrisa y pensar: «Ahí empezó todo». En 2003 Paul Basset se alzó con el primer puesto en el Campeonato Mundial de Baristas, celebrado en Boston, Massachusetts, y desde entonces recorre el mundo otorgando certificados de calidad Paul Basset —no es una cadena ni una franquicia, Paul Basset es-una-manera-de-vivir-el-café— y formando baristas en cursos apretados de unas cuantas horas. También hace series y documentales en los que explica su visión de las cosas y del café, y revistas como *Crema Magazine* y *Gourmet Traveller* le dedican portadas y páginas impares. Una de las ideas fijas de Paul es la relación íntima, casi un maridaje, que a su juicio une al café con el vino y sobre todo con cierto vino de Sicilia que no se cansa de recomendar. Si quieres hacer enfadar a Paul Basset solo tienes que añadir un par de cucharadas de azúcar a una taza de café originario de la región de Sidamo, en Etiopía. Otra forma de estropearle el día a Paul, y de arruinar tu propio café, sería blanquearlo con un poco de leche. En contra de lo que pueda pensarse, y debido al sistema de rondas eliminatorias, el Campeonato Mundial de Baristas no lo gana el barista que prepare el mejor café del mundo —el café al que el jurado otorgue una puntuación más alta— sino el barista que prepare el mejor café posible en el momento adecuado. Paul Basset fue el sexto clasificado para la gran ronda final de Boston 2003 gracias a un café puntuado con 540,00 en la primera ronda, en la cual Asa Jelena Petterson, de Islandia, firmó un café con una puntuación de 649,50. Las puntuaciones descendieron de manera notable en la final, donde Basset se impuso con un café de solo 607,00 puntos y por tanto no hizo el mejor café del torneo pero hizo el mejor café en el momento más conveniente: la última ronda. En esa misma edición, el coreano Seaung-Sik Kon hizo el octavo mejor café de la primera ronda (512,00 puntos) pero fue descalificado porque empleó diecisiete minutos en su elaboración, en lugar de los quince reglamentarios. Seis años después de Boston 2003, y en menos de quince minutos, Lee Jong Hoon preparó un café que le valió la quinta posición —era la ronda final— en el Campeonato Mundial de

Baristas de Atlanta, Georgia, en la mejor actuación de un coreano en la historia del campeonato.

El prestigio del café y el encanto personal del barista, en todo el mundo pero sobre todo en Corea, tienen un botón de muestra en la figura de otro Lee: Lee Seok Hoon. En octubre del año pasado, el cantante Lee Seok Hoon, miembro del grupo SG Wannabe desde 2008 pero también solista de carrera, pasó una tarde noche trabajando como barista invitado en un local de la cadena Mango Six en el barrio de Sinchon, Seúl. Para Lee Seok Hoon, que por aquellos días lanzaba al mercado el single *Because I Like You*, el trabajo de barista era un asunto serio, así que se buscó un profesor que le enseñara los rudimentos del oficio, lo cual no le debió de resultar muy difícil porque Corea estaba ya entonces llena de academias de baristas (dado que SG son las siglas de Simon & Garfunkel y que *«wannabe»* significa «aspirante» en inglés y es una palabra de uso muy frecuente en Corea, casi siempre con un matiz despectivo o condescendiente —«quiero (ser) y no puedo»—, se puede decir que la joven estrella pasaba de ser un aspirante a Simon & Garfunkel a ser un barista *wannabe*). Aquello salió a pedir de boca. Lee Seok Hoon pasó unas horas de ensueño junto a un montón de fans y unos cuantos baristas de la cadena Mango Six, de los que solo puede decir cosas buenas. Sus «compañeros por un día» le apoyaron en todo momento. En términos de marketing fue una buena operación y cabe suponer que la agencia Jellyfish Entertainment, que se ocupa de los intereses del joven cantante, no hubiera dado tantas facilidades si en lugar de un trabajo de barista en Mango Six, a su representado le hubieran ofrecido unas pequeñas prácticas en un restaurante-barbacoa o en la nada prestigiosa aunque muy popular cadena de hamburgueserías Lotteria. El tiempo —las horas y los minutos— del joven Lee estaba entonces en lo más alto de su cotización, dado que unos meses después se incorporaba al servicio militar.

—¡Barista! ¿Qué coño es un barista?

Más sinergias entre la nueva ola del pop coreano o K-pop y la burbuja del café: *Cappuccino* o el segundo single extraído del álbum *Tonight* —solo para Japón—, de Kim Hyun Joong, integrante de la banda SS501 y también solista. En el vídeo de *Cappuccino*, Kim es un barista con cazadora de cuero y ojos almendrados que además de preparar un buen café sabe cómo convertir una cafetería de mesas blancas y mucha luz natural en una auténtica fiesta. A lo largo del vídeo se nos da a entender, por medio de una serie de ventanas emergentes, que tanto el café como la máquina y los filtros que usa Kim son los mismos que se usan en los locales de la cadena The Coffee Bean & Tea Leaf, si bien la acción se desarrolla en lo que parece un café independiente y sin otra imagen corporativa que la palabra cappuccino serigrafiada en las cristaleras (nota: no hay que confundir al cantante, bailarín y actor Kim Hyun Joong con la actriz y nada más que actriz Kim Hyun Joo, premio KBS Drama 2007 por su trabajo en *In-Soon is pretty*, y protagonista de campañas publicitarias para la marca de café instantáneo Maxim Coffee y para Bella Beans Coffee). Después de todo esto, hay que hacer un gran esfuerzo de concentración para no olvidar que un barista es, en principio, una persona que hace los cafés al otro lado del mostrador. También el *Korea Times* habla de baristas para referirse a los empleados de la cadena Starbucks que hacen labores de voluntariado —adecentar palacios imperiales— en Seúl y, sin embargo, resulta difícil imaginarse a un empleado de Starbucks, Mango Six o Coco Bruni participando en el Campeonato Mundial de Baristas, que el año que viene se celebrará en Rímini, Italia.

—¡Barista!

A Guiscardo del Osso, italiano de Bolonia, no le impresiona la palabra barista. Es más:

—¡Yo soy un barista!

Guiscardo tiene treinta y dos años y no está dispuesto a perder mucho tiempo, así que quiere empezar a lo grande. Busca financiación —mucha— para abrir una cadena de auténticas cafeterías italianas en Corea y para empezar le gustaría abrir dos cafés en Seúl, lo cual ya le permitiría hablar de cadena sin faltar a la verdad. Algunos potenciales inversores le han prometido dinero siempre y cuando esté dispuesto a trabajar como barista en el café. Esa gente no ha entendido nada. Aunque Guiscardo es un barista consumado, lo que busca ahora no es un puesto de trabajo; lo único que quiere es vender una idea y luego desaparecer, o mantenerse a una cierta distancia. No considera que vivir en Corea sea un horizonte apetecible pese a que ahora mismo tiene novia en Seúl, lo cual ya ocurre por segunda vez. De hecho, Guiscardo aterrizó en Corea siguiendo a una chica y esa chica se esfumó o a lo mejor fue Guiscardo el que le sugirió que se esfumara. El caso es que Guiscardo se quedó en Seúl porque comprendió que tenía algo que hacer aquí. Después de observar la Gran Explosión del Café en Corea, Guiscardo se dijo: «Yo lo puedo hacer mejor» y se puso a buscar financiación para montar una cadena de cafeterías y ahora lo tiene todo en la cabeza —el plan de negocio y otros planes como por ejemplo la imagen corporativa, dado que Guiscardo es también un gran diseñador gráfico— y lo único que necesita es un poco de dinero. Bueno, mucho dinero. Habló con mucha gente («bla, bla, bla») en la última Feria Internacional del Café de Seúl, pero ninguna de esas conversaciones ha cristalizado y Guiscardo confía en un acontecimiento menor como este campeonato de baristas de Busan para anudar relaciones con algún inversor.

—Feria pequeña, negocio grande.

La novia actual de Guiscardo quiere completar sus estudios en París y a Guiscardo le parece bien aunque tiene muy claro que a él no se le ha perdido nada en Francia, ni en Europa en general. Ha puesto los ojos en el Sudeste asiático. Guiscardo considera, como muchos europeos, que en Corea se trabaja mucho, se consume demasiado y se interactúa poco. En los cafés de Guiscardo —en la cadena de cafés inspirada en la idea de Guiscardo— los camareros servirán las consumiciones en la mesa y mirarán a los ojos del cliente cuando los atiendan y de esta manera se creará un clima de confianza y se establecerá un intercambio de emociones. Los empleados que se encargan de recoger los pedidos al otro lado del mostrador del Momos Café de Busan son amables y miran a los ojos de los clientes, aunque eso no parece que sea suficiente para Guiscardo. De todos modos, los auténticos baristas del Momos, los verdaderos magos del asunto, no suelen estar al otro lado del mostrador sino al otro lado del espejo, en una sala de máquinas acristalada donde se muele y se tuesta el café. Se meten dentro de una bata de médico de laboratorio, consultan un montón de tablas y ajustan la temperatura de una serie de probetas y cacharros, el más grande de los cuales parece una máquina del tiempo. Lo hacen todo con una exactitud casi neurótica y cuando se dan cuenta de que los miras se vuelven solemnes. Solo que hoy, esta mañana soleada, lisa y azul, los baristas importantes del Momos tampoco están dentro de la pecera donde se tuesta el café sino en el hotel Westin Chosun de Busan Playa, donde harán de jurado o al menos se dejarán ver entre la gran familia del café del Campeonato de Baristas de Busan o Busan Barista Championship. Guiscardo ha viajado hasta Busan para competir en el campeonato aunque lo que de verdad le interesa —Guiscardo insiste mucho en este punto— no es el concurso —al fin y al cabo, él ya es un barista— sino las personas que pueda conocer allí dentro y la posibilidad de tropezarse con un saco de dinero para financiar su proyecto. Esta mañana, el tren de alta velocidad Seúl-Busan era un hervidero —o una cafetera— de profesionales del sector: pajaritas, chalecos de rombos, gafas sin cristales y un goteo de palabras extranjeras. Pero cuando Guiscardo se ha presentado en la oficina de la organización del torneo, en el vestíbulo del Westin Chosun, se ha encontrado con que su nombre no aparecía por ningún lado, y después de preguntar a mucha gente ha podido enterarse de que su inscripción se había realizado fuera de plazo o no se había realizado. Tras una serie de comprobaciones informáticas y telefónicas, Guiscardo ha verificado que no se había hecho el cobro correspondiente a los gastos de inscripción en su cuenta bancaria, y en un débil chapoteo ha empezado a protestar por el funcionamiento de la página web de la organización del campeonato: ¿cómo era posible que el sistema te permitiera hacer una inscripción fuera de plazo? En realidad la inscripción no se había realizado, Guiscardo se había saltado algún paso en el procedimiento. ¿Acaso tenía algún comprobante?, ¿algún formulario impreso? «Pero ustedes me acaban de decir que la inscripción se ha realizado fuera de plazo.» Hasta que Guiscardo ha levantado un brazo y ha dicho:

—Bueno, bueno: si no se puede hacer nada, no se puede hacer nada. Nos vamos a Seúl.

En el camino de vuelta hacia la estación de trenes de alta velocidad, a Guiscardo le ha apetecido parar en el Momos —para ver qué se cocía allí dentro— y a mí me ha parecido bien. Todo lo que se le ocurra a Guiscardo me parece bien, me he propuesto ayudarle a elaborar el duelo por su experiencia frustrada como concursante del Campeonato de Baristas de Busan. Guiscardo había depositado en este torneo más ilusiones de las que está dispuesto a admitir, al menos de momento. En el Momos Café, Guiscardo ha pedido un espresso y yo he pedido un cappuccino y hemos ocupado una mesa cerca de la sala de máquinas en la que un barista que no era ni Lee Hyunki, ni Pak Jeong-soo, ni Jung Ju-eun, se afanaba en el microtueste y las mediciones neuróticas de las mejores variedades de café del mundo. Y ha sido entonces, en ese digamos contexto, cuando Guiscardo del Osso ha inclinado la cabeza hacia delante y, después de que todas las luces del techo centellearan contra su cráneo afeitado, ha dicho:

—¡Barista! ¿Qué coño es un barista? ¡Yo soy un barista!

Fernández merodea por Wonju

El sol se deshilachaba sobre las cumbres del parque nacional y el valle de Hoechon se convertía en una balsa de oscuridad y frío y las mariposas, en su loca búsqueda de la luz, se quedaban pegadas a las cristaleras del trastero donde se había instalado Fernández y algunas lo debían de encontrar tan interesante que, cuando amanecía, ellas todavía seguían allí, solo que ahora en un definitivo estado de congelación. Fernández las retiraba cada mañana con una espátula y pensaba: «Mariposa congelada/primavera irreversible (en Asia)».

—Buenos días, señor Shin.

Shin Wang Soon era dueño de un jardín de infancia y de una escuela de música que llevaba a medias con su mujer, que había sido cantante de ópera, y era el dueño del pequeño trastero donde ahora vivía

Fernández. Además de esto, era el dueño de la casa en la que vivía el propio Matthew. También en este punto hubo un malentendido. Fernández pensó que Matthew le haría un hueco en su casa. Pero Matthew lo había guiado hasta la casa del señor Shin, los había presentado, había negociado un alquiler diario y le había ayudado a instalarse (no había nada que instalar porque Fernández era ahora un hombre libre y sin equipaje, pero sobre todo no había donde instalarse más allá de un simple trastero con una esterilla para dormir y acceso a un cuarto de la limpieza con una salida de agua). En la planta baja de la casa del señor Shin estaba la guardería, en el primer piso estaba el hogar de los Shin —Wang Soon y su mujer tenían tres hijos— y en el segundo estaba la escuela de música, con un montón de habitacioncitas acolchadas con un piano de pared cada una y una sala central con un piano de cola. Shin y su mujer tenían un despacho con una puerta con ojo de buey donde se ocupaban de las tareas administrativas. Por las mañanas, Shin se encerraba en el despacho y hacía sus ejercicios de voz —OOOOOOOOOO-ooooooooooo-uuuuoooooooooooooh— y Fernández buscaba algún café donde ensanchar el espíritu o ver pasar las horas. Pero solo había un café en esta aldea de Hoechon y para llegar hasta ahí Fernández tenía que atravesar unas cuantas terrazas de arroz y hundir los pies y su único par de zapatos en el barro.

Este café se llamaba Mazzi y estaba en la planta baja de un edificio feo de cuatro plantas, debajo de un restaurante donde daban lonchas de cerdo ahumado a precios populares. A los pies de este edificio había un negocio de venta de mármoles: leones, serpientes, lápidas y una caseta de obra donde estaba la oficina. El café Mazzi casi siempre estaba vacío y es posible que fuera un lugar demasiado tranquilo, con fondo de música clásica y grandes ventanales y decoración insospechada: violines y guitarras pero también esquíes y botas de esquiar con ataduras elementales de la época en que el esquí era un deporte más heroico, menos tecnológico. El café Mazzi también tenía unas mesitas en la calle, en un recuadro de césped artificial, desde donde Fernández podía sentir la brisa que levantaban los coches, los autobuses y los muchos camiones que avanzaban por la carretera de dos carriles hacia el centro de Wonju.

Todos los días, Fernández se personaba en la oficina de objetos perdidos de la estación de autobuses. Dejó una tarjeta con su número de teléfono en el mostrador de Angel-in-us Coffee. Se le ocurrió llamar a James Huh pero no encontró su tarjeta en su cartera ni en ningún bolsillo del pantalón. Caminar por las calles de Wonju era interesante para Fernández, pero no lo bastante, y cuando daba con sus huesos en el local de alguna franquicia como Caffé Bene o Tous Les Jours, se hacía fuerte en un asiento, se sujetaba la barbilla con las manos y pensaba: «Myeongdong, Myeongdong». Durante esta época, Fernández dedica algún tiempo a caminar por el campo pero esto no le produce grandes satisfacciones. En el campo no puede cultivar su visión del infinito como lo hacía cuando merodeaba por las calles de Seúl.

Además del colegio de primaria donde Matthew enseñaba Inglés —cuando se cruzaban con Matthew por la calle, los estudiantes clavaban los pies en el suelo y estiraban los brazos y, después de un leve balanceo, doblaban la espalda hasta formar un ángulo recto y decían: «Mister Matthew-Mister Matthew»— en la aldea de Hoechon, o en sus límites, había un Centro de Inmersión Lingüística para empleados de la empresa Samsung. En ese centro trabajaba una docena de profesores de Inglés y esos profesores, para combatir el tedio de vivir (en la aldea y en el valle de Hoechon), se pasaban las horas sentados en el porche que había a la entrada del 7-Eleven, donde bebían latas de cerveza que luego arrugaban con una sola mano y fumaban un cigarro detrás de otro. Matthew mantenía una relación ambigua con estos profesores. «Trabajan menos que yo y ganan el doble, no me caen bien», decía, pero cuando caía la tarde sobre el porche del 7-Eleven, el Matthew más físico y carnal empezaba a mover la cola y a ronronear y en cuanto alguien —por ejemplo una profesora llamada Kathleen con una melena cortada a capas y gafas ovaladas— proponía ir al centro de Wonju para hundirse en sus calles más tumultuosas, donde la vida se manifestaba en forma de neones y barbacoas humeantes, él levantaba el brazo y decía: «Vayamos ahora mismo».

—¿Vienes?

La noche en Wonju no era cegadora ni trascendente, y las aproximaciones de Matthew hacia las profesoras del Centro de Inmersión Lingüística de Samsung, y sobre todo a Kathleen, llevaban a Fernández a un estado de pereza y frustración.

Un día, una tarde luminosa y estrictamente primaveral, una corriente de electricidad recorría la calle principal y única de la aldea de Hoechon y Fernández vio (creyó ver), en la puerta del 7-Eleven, a esta Kathleen que tanto interesaba a Matthew recostada en una silla de plástico y atenta a las evoluciones de una columna de humo que ascendía hacia el cielo desde la cocina de un restaurante. Fernández prefiguró enseguida una conversación ligera y luego un triángulo (Matthew/Kathleen/Fernández) y un conflicto, solo que no era Kathleen sino Stacy —gafas redondas y natural de Birmingham, Alabama—, así que no hubo ningún triángulo y esa misma noche, después de zigzaguear por las calles tumultuosas del centro de Wonju, hicieron lo posible por perder el último autobús al valle de Hoechon y cuando irrumpían en el vestíbulo de un hotel para parejas, Stacy dobló el cuello para hablar con el recepcionista —la curvatura de su nuca doblemente pronunciada, los cristales de sus gafas lanzando destellos— y Fernández registró un crujido en su cerebro (el cerebro de Fernández) y luego un estallido interior.

En los días que siguieron, la profesora Stacy pasó a ser sobre todo alguien con quien hablar:

—¿Cómo es Birmingham, Alabama?

—Pequeño, casi inexistente.

—¿Más pequeño que Singapur?

Pero Fernández también era alguien con quien hablar, Stacy le hacía preguntas sinceras, directas, extravagantes:

—¿Eres una especie de vagabundo? ¿Estás casado? —Stacy aplastaba la carta de cafés del Café Mazzi contra el pecho y ponía los ojos en blanco—, ¿por qué no vamos a pasar el fin de semana a Busan?, ¿por qué no contestas al teléfono?

—Hmmm.

Fernández, que había empezado a gravitar en torno al Centro de Inmersión Lingüística de Samsung y entraba y salía del pabellón residencial de profesores fuera de las horas de visita, no contestaba al teléfono porque al otro lado estaba la empleada de la Agencia Favorecedora de la Internacionalización de la Economía Coreana. Le había dejado un recado en el contestador y en su voz vibraban ahora la irritación y la impaciencia: su billete no se podía retrasar hasta el infinito, ¿qué pensaba hacer Fernández? Fernández no pensaba hacer nada y no tenía ningún plan, salvo el de no coger el teléfono.

-

9.
1975

Las encías de la señora Baek están ahora igual que hace noventa y cuatro años y esto no es en absoluto prodigioso ni guarda relación con la buena alimentación o con los hábitos de vida saludables de una cultura milenaria ni nada por el estilo. La semana pasada se le terminaron de caer los dientes a la señora Baek y, como se comprenderá, aún no ha tenido tiempo de ponerse unos nuevos y lo más probable es que nunca lo haga. Así que la señora Baek no tiene dientes pero tiene, en una galería comercial subterránea que hay entre la sede del ayuntamiento y el mercado de Namdaemun, en Seúl, una tienda donde vende patos de madera que simbolizan la felicidad conyugal y figuritas de plástico duro que representan guerreros de la época Joseon y niños que pegan patadas de taekwondo. La señora Baek nació en el campo y se vino a vivir a Seúl hace setenta años, lo cual según mis cálculos veloces y audaces la sitúa ya en la capital durante la guerra.

—Yo era muy pequeña.

Se señala las encías y se ríe, pero el asunto no tiene nada de divertido. He vuelto a hacer cálculos y resulta que, año arriba, año abajo, la señora Baek era ya toda una treintañera durante la Guerra de Corea.

—Yo era muy pequeña —insiste la señora Baek, y otra vez se señala los dientes.

La señora Baek vivió también los años de la dominación japonesa y es probable que haya sido escolarizada en japonés y por tanto es un monumento a la historia contemporánea de Corea. Pero a la señora Baek no le interesa hablarme de la Guerra de Corea ni de la posibilidad de una nueva guerra con los amigos del Norte (a nadie le interesa hablar de este asunto) y tampoco se extiende mucho cuando se trata de la dominación japonesa. «Hacían daño a los niños y a las mujeres.» A la señora Baek lo que de verdad le interesa son sus dientes y su familia. Se considera muy afortunada porque ninguno de sus hijos bebe alcohol ni toma café. ¿Y qué hay de sus nietos?

—¿Para qué quieres ese libro? —me pregunta la señora Baek—, ¿te lo ha dado mi nieto?

Un momento, señora. Soy yo el que hace las preguntas. Así que le pregunto su opinión acerca del libro que traigo debajo del brazo, que se llama *1975*, y acerca de los hechos cruciales que se cuentan allí dentro.

—Yo no opino nada —dice la señora Baek—, ¿para qué quieres ese libro?, ¿por qué te lo han dado?

Pero antes de seguir adelante hay que hacer unas cuantas aclaraciones. Empezaremos por el nieto. He conocido al joven Baek J-huhn unas horas antes, en la cafetería del mercado de instrumentos musicales de Nakwon y, como suele decirse, enseguida hemos conectado. Por supuesto que a Baek nieto le gusta el café, pero este no es el asunto. Baek tiene una media melena que mueve todo el tiempo de un lado a otro, usa camisetas de pico y anda siempre ligeramente inclinado hacia la derecha, tanto si lleva su guitarra a cuestas como si no la lleva. Él necesitaba —era un asunto urgente— cambiar una cuerda de su guitarra acústica Gold Rush (diseñada por el lutier Greg Bennet para la casa Sumick) y yo necesitaba una conversación sincera y de cierta calidad así que lo he acompañado en su recorrido por la planta de guitarras de este mercado de Nakwon y he comprobado el alcance de su popularidad. No había un solo vendedor que no levantara el brazo a su paso, y cuando le he preguntado si era famoso o algo parecido, Baek J-huhn ha negado con la cabeza y me ha explicado que solo era conocido «en la escena de las seis cuerdas». Baek J-huhn toca la guitarra en cuatro grupos distintos de la Universidad Seokyeong, donde estudia Humanidades, y a veces lo llaman de las tiendas del mercado de Nakwon para probar banjos y ukeleles.

—En la planta de pianos y teclados nadie sabe quién soy —ha dicho Baek J-huhn, señalando hacia el suelo con el dedo.

El joven Baek tenía prisa por cambiar esa cuerda porque media hora después lo esperaban para amenizar una pequeña fiesta, y por supuesto lo he acompañado. Hemos seguido el curso del arroyo de Cheonggyecheon, desplazándonos alegremente de una orilla a otra hasta el cruce con la explanada de Gwanghwamun, y J-huhn me ha explicado cómo estaban las cosas en «la escena de las seis cuerdas» en Seúl.

—Es una escena muy fragmentada, cada uno va a lo suyo. ¡Ya hemos llegado!

¿Una pequeña fiesta? ¡Habían montado una buena! Había por lo menos cincuenta personas y estaban allí para conmemorar un episodio de la lucha por los derechos civiles ocurrido en 1975 y para celebrar la edición de un libro: *1975*. «*Remember 1975*», me ha dicho Baek antes de subirse a una tarima donde ya lo esperaba otro veinteañero aguitarrado y con media melena —alguien, por tanto, que tampoco estaba allí en 1975—. Baek y su acompañante han pasado un buen rato desgranando canciones probablemente protesta y sus medias melenas se movían de un lado a otro formando ondulaciones que dialogaban con las ondulaciones del agua que fluía por el arroyo de Cheonggyecheon y en lo que parecía una mesa petitoria, debajo de una carpa, habían sentado a unos cuantos héroes civiles con la frente arrugada: los verdaderos protagonistas de los sucesos de 1975, redactores del diario *Donga* que se habían enfrentado al Gobierno del general Park y, sobre todo, a la falta de anunciantes inducida por el Gobierno del general Park y el caso —en resumidas cuentas— es que todos han sido muy amables y yo no he podido negarme —yo estaba a favor de los derechos civiles y del espíritu de 1975 y por supuesto sentía simpatía hacia aquellos redactores despedidos— cuando alguien ha puesto el ejemplar del libro *1975* en mis manos. Así que no ha sido el nieto de la señora Baek. El joven guitarrista ha sido la mar de amable conmigo y me ha puesto en contacto con toda esa gente de los derechos civiles en el arroyo de Cheonggyecheon, pero eso no quiere decir que ande metido en política —he intentado ser claro en este punto cuando hablaba con la abuela Baek: «Su nieto es un verdadero artista, señora»— y una vez acabada su actuación me ha guiado por el laberinto de galerías comerciales subterráneas que hay entre el ayuntamiento y Namdaemun para conocer a su abuela o, tal vez, la tienda de su abuela, y digo esto porque J-huhn se ha quitado de en medio enseguida —ha dicho que tenía que ensayar con uno de sus cuatro grupos y no sé si ha sido del todo

sincero— y nos ha dejado solos a su abuela y a mí,
en la tienda de patos de madera, y si bien la mayor
parte del tiempo la hemos pasado hablando acerca
de las encías de la señora Baek y del tipo de alimentación —purés— a la que ahora se veía condenada,
creo que ha sido una conversación vigorosa y de una
cierta calidad aunque también creo que he empleado
demasiado tiempo —¿qué otra cosa podía hacer?—
en aclarar que su nieto no andaba metido en política
y que en cualquier caso había llovido mucho desde
1975.

«*I'M FERNÁNDEZ*»

Una mañana clara y alegre, Fernández regresaba
a su pequeño trastero después de haber pasado la noche en el Centro de Inmersión Lingüística
de Samsung y al doblar la esquina del 7-Eleven se
encontró con unas luces rojas y azules que parpadea-
ban y oscilaban encima de un coche de policía, y a
un grupo de personas arracimadas alrededor del señor Shin. También estaba James Huh, el hombre de
Fernández en los bajos fondos. Un policía con gorra
de béisbol y una blusa blanca dio un paso al frente.

—Fernández: mister Fernández.

Fernández pensó que a lo mejor todo aquello —el
coche de policía, las luces oscilantes, los señores Huh
y Shin y el agente que daba un paso adelante y le llamaba por su nombre— era una señal de algo que iba
a suceder aunque también cabía la posibilidad de que

fuera algo que ya estaba sucediendo: «O sea, una señal que no anuncia nada o que se anuncia a sí misma».

—*I'm Fernández.*

Los hechos: un conductor de autobús había encontrado, en una marquesina del recorrido de la línea 456, la maleta de Fernández y la había llevado a un puesto de vigilancia policial. Los agentes revisaron la maleta y encontraron, en un bolsillo lateral, la tarjeta de visita de James Huh. «No sé de qué me habla, pero de todos modos voy para allá.» Una vez en el puesto de vigilancia policial, el señor Huh había dicho: «Creo que esta maleta es de un amigo mío, yo sé dónde vive y se la puedo llevar: ¿dónde tengo que firmar?». El agente de guardia negó con la cabeza, las cosas no se hacían así, al menos en aquel puesto de vigilancia. La maleta había que devolvérsela al dueño. Esto último molestó a James Huh —él solo quería ayudar— y estuvo tentado de quitarse de en medio. A él nadie le trataba como a un delincuente. Pero lo que hizo Huh al final no fue quitarse de en medio sino ponerse en medio y hacerse imprescindible: llamó por teléfono a Fernández, que no contestó porque creyó que sería la empleada de la Agencia Favorecedora de la Internacionalización de la Economía Coreana, embozada tras un número desconocido. «El dueño está en Hoechon, yo voy con ustedes.» A la mañana siguiente fueron a la aldea de Hoechon, en un coche celular, el señor Huh y un agente de servicio que ya no era el agente de guardia de la víspera. Preguntaron al empleado del 7-Eleven, que trazó un semicírculo con la barbilla y los envió a casa del señor Shin. El señor Shin se asustó: no tenía licencia para tener huéspedes en casa y se apresuró a dar explicaciones que nadie le había pedido. Era un acuerdo entre caballeros y no había dinero de por medio. Fernández era un invitado —a veces algunos invitados quieren contribuir, aligerar su carga: ¿cómo decirle que no sin ofenderle?, a lo mejor esa era la costumbre en España— y esto era así porque hablaba inglés: ese era el chiste. Era bueno para el negocio (la academia de música, el jardín de infancia, momentos decisivos en la educación de las personas) tener allí un extranjero que hablara inglés. Fernández removía el pelo de los niños cuando se cruzaba con ellos en las escaleras del edificio y les decía: «*Hello, what's your name?*», y eso era todo. Pero últimamente le había perdido la pista, Fernández pasaba las noches fuera de casa, entraba y salía del Centro de Inmersión Lingüística de Samsung. Se abrió un silencio y los que tenían algo que decir no lo dijeron. ¿Era Fernández profesor de Inglés?, ¿tenía Fernández visado de trabajo? Era una pregunta retórica: el policía había hecho sus averiguaciones y resultaba que Fernández había dado los primeros pasos para conseguir ese visado. Fue entonces cuando apareció Fernández, envuelto en una nube de luz.

—Fernández: mister Fernández.

Un número indeterminado (difícil de determinar) de niños se arremolinaba alrededor del grupo y tiraba de la camisa de Fernández: *«Mister Fernández: where are you from?/Mister Fernández: what's your name?»*. El señor Shin pegó una palmada y los niños se dispersaron.

—Vamos dentro.

La conversación prosiguió en el despacho del señor Shin, que se sentó al otro lado de su mesa de trabajo. Fernández y el agente de policía se sentaron enfrente, y el señor Huh se apoyó en el brazo de un sofá y cuando hablaba en coreano señalaba hacia Fernández con la mano abierta y modulaba la voz y cada cierto tiempo hacía una broma que el señor Shin celebraba con mucho aparato y poca sinceridad. El policía no sabía más inglés que «mister Fernández», así que se dirigió a Fernández por persona interpuesta (el señor Huh, cuya estatura aumentaba por momentos). Cuando el señor Huh le preguntó si era verdad que había iniciado los trámites para conseguir un visado de trabajo, Fernández tuvo la impresión de que un hilo transparente le atravesaba el cerebro, y la cabeza se le llenó de niebla. Se hizo repetir la pregunta. El señor Huh la hizo con una entonación nueva.

—¿Para qué quieres un visado? —dijo el señor Huh después de jugar un rato con su propia saliva.

—Para nada.

Fernández no quería ningún visado, Fernández no había hecho nada pero de manera inconsciente había juntado las dos muñecas. ¡Matthew! Fernández les habló de Matthew. ¿Quién era Matthew? Matthew era otro invitado del señor Shin y además era profesor de Inglés de primaria en Hoechon. El señor Huh miró al señor Shin, el señor Shin se miró los párpados. A Matthew se le había metido en la cabeza viajar a China. «¿China?» Las orejas del agente de policía se estiraron: «¿China?». De todos modos, a Fernández le daba la impresión de que el señor Huh no traducía muchas de sus palabras. El agente, que se había descubierto para entrar en el despacho, balanceaba la cabeza y pasaba los dedos por las costuras de su gorra de béisbol. Se palpó la blusa, ¿dónde estaba su libreta? La libreta estaba encima de la mesa y delante de sus narices, solo que debajo de su gorra. El señor Shin consideraba que esto era un hecho divertidísimo. Flotaban en el aire del despacho los gorgoritos que el señor Shin había hecho esa misma mañana y que Fernández no había podido escuchar.

—*Fun: very fun* —dijo el señor Shin.

El agente arrancó una hoja de su libreta (en realidad eran dos hojas, una de las cuales era de papel autocopiativo) y se la dio a firmar a Fernández.

—Es un recibo —dijo el señor Huh.

«Es un recibo en coreano, ¿cómo sé que es un recibo?», pensó Fernández, y luego firmó y a la salida había un coche alargado, y un chófer con unos guantes blancos abrió la puerta y primero entró Fernández y luego lo hizo el señor Huh y tan pronto como el coche empezó a deslizarse por la única y principal calle de la aldea de Hoechon, Fernández sintió un crujido en la frente y pensó: «A la salida de la academia de música del señor Shin, un crujido».

—Si querías un visado para China —dijo luego el señor Huh, sentado de cuclillas en un restaurante donde les empezaron a servir comida sin necesidad de que la pidieran—, tenías que habérmelo pedido a mí.

—Todavía no nos conocíamos, señor Huh.

—Bueno, ahora ya nos conocemos.

El señor Huh no paraba de abrir botellas de soju: de repente eran viejos amigos. Se creó entre ellos un clima de total sinceridad. Un rato después sonaba el teléfono móvil de Fernández y el señor Huh hizo una señal y Fernández interpretó que debía contestar. ¡Bingo! Mejor dicho: ¡hundido! Era la amable empleada de la Agencia Favorecedora de la Internacionalización de la Economía Coreana: «¿Cómo está usted, señor Fernández?», «¿qué tal lo ha pasado últimamente?», «¿hay algo que podamos hacer por usted?», y otras preguntas llenas de intención, que llevaron a Fernández a pensar que aquella empleada lo sabía todo. En realidad, Fernández tenía la impresión de que todo el mundo lo sabía todo. «Hemos pensado en esta fecha, ¿qué le parece?» La empleada de la agencia hizo algo insólito o, por lo menos, algo que no se había permitido hacer hasta entonces, le preguntó a Fernández acerca de su trabajo y Fernández fue absolutamente sincero: todavía no había terminado, en realidad ni siquiera había empezado.

—Pero todo es empezar —añadió Fernández.

En cualquier caso, Fernández quería estar allí durante las celebraciones del Cumpleaños de Buda. Era algo que tenía que hacer y que además ya estaba planeado. El Cumpleaños de Buda no es algo que ocurra todos los días.

—El Cumpleaños de Buda es dentro de cuatro días, señor Fernández. Un momento: ¿allí?, ¿dónde es allí?, ¿dónde está usted ahora, señor Fernández?

La cultura del mostrador
o la disolución del yo
(en una taza de café con leche)

El compatriota Rodríguez se asoma a un nuevo paradigma que podríamos llamar la pensacción. Hace cosas y las piensa a la vez, como mucha otra gente, pero él asegura que puede pensar y hacer a la vez —pens(h)acer o pensactuar, la palabra es lo de menos— todo aquello que se proponga y de un tiempo a esta parte encuentra dificultades para distinguir entre sus pensamientos y el curso real de los acontecimientos. Rodríguez aterrizó en Seúl con motivo de la Feria Internacional del Café, comisionado por una empresa fabricante de mostradores para hostelería, y en ese punto está tranquilo —«Yo he hecho mi trabajo, yo siempre hago mi trabajo»— aunque a fecha de hoy no ha conseguido cerrar un solo contrato.

—En Corea no hay una cultura del mostrador como la que tenemos en Europa. —Rodríguez levanta el brazo derecho para sugerir nuestro recorrido por el barrio de Myeongdong, un laberinto peatonal de calles atestadas de tiendas y cafeterías con una catedral católica al fondo, apoyada a su vez contra una colina llamada Namsan—: Por aquí.

Pero el asunto de los mostradores es ahora de menor cuantía y lo que de verdad importa es todo lo demás. Rodríguez se ha dedicado a dar saltos de una punta a otra de Seúl, ha hecho muchos contactos dentro y fuera del sector de las cafeterías y sobre todo ha pasado muchas horas en los cafés de Myeongdong. Observaba a la gente, hacía trabajo de campo y sacaba sus propias conclusiones.

—Sin salir de Myeongdong se conoce el mundo —dice.

Así que Rodríguez, que bordea (tal vez por fuera) la mediana edad y viste con la insinceridad de un visitador médico, ha conocido el mundo pero está a punto de regresar a España —una nube negra se posa sobre la frente de Rodríguez cada vez que se habla de la cuestión de su regreso a España— y lo más probable es que lo haga con las manos vacías. Entonces no es cierto que Rodríguez pueda penshacer todo aquello que se proponga, sino solamente algunas cosas, como mucha otra gente. ¿No es así, Rodríguez? Rodríguez dice que odia hablar como un espiritualista barato pero eso es lo que hace a continuación:

—Odio hablar como un espiritualista barato pero

creo que si no he conseguido cerrar ningún contrato ha sido porque no quería hacerlo realmente.

(«Corta el rollo, Rodríguez.»)

—Ahora tú dirás: «Corta el rollo, Rodríguez».

—Oh, no. De ninguna manera. Yo digo: «Adelante, Rodríguez».

—¡Por aquí no! ¡Por aquí!

Y seguimos avanzando en la mañana viva, sucia y radiante de Myeongdong. Estos últimos días, Rodríguez le da vueltas a la idea de disolverse en una taza de café con leche en una cafetería cualquiera de Seúl. Cuando le pregunto por qué se le ha ocurrido disolverse en una taza de café con leche y no en un cappuccino o en un espresso, Rodríguez asiente con la barbilla y dice que odia hablar como un vendedor de crecepelo pero eso es lo que hace a continuación:

—Odio hablar como un vendedor de crecepelo, pero veo que emitimos en la misma longitud de onda.

¿Emitir en la misma longitud de onda? Nadie que se respete un poco a sí mismo usaría esa expresión y Rodríguez lo sabe y sin embargo la usa. Tengo que admitir que es un hombre valiente. De pronto se queda parado y la gente empieza a sortearlo como a un poste de la luz y enseguida se forman dos corrientes: los que caminan hacia la catedral de Myeongdong sobrepasan a Rodríguez por su derecha y los que caminan en sentido contrario lo hacen por su izquierda. Rodríguez levanta la mano y aclara que él no quiere disolverse en una taza de café con leche y que lo único que ocurre es que se ha dado cuenta de que eso (esa disolución suya) es algo que puede suceder (llegar a suceder) si se lo propone, cosa que no ocurría antes.

—Me meto en una cafetería cualquiera y me hago fuerte en una mesa, me pongo a pensar en cualquier cosa y me doy cuenta de que todo lo que se me pase por la cabeza puede llegar a suceder, y esto incluye mi autodisolución.

Me gustaría saber qué quiere decir Rodríguez cuando habla de una cafetería cualquiera, ¿acaso insinúa que todas las cafeterías son iguales? Por supuesto que no, y Rodríguez sabe que ahí está el meollo de todo este asunto, y de hecho asegura que cada café es un mundo. Antes de seguir adelante me gustaría saber también si esa autodisolución de la que habla es algo definitivo e irreversible o es una suerte de viaje astral o experimento espaciotemporal y Rodríguez me dice que es algo definitivo pero no tiene nada que ver con la muerte ni con su desaparición como individuo, dado que sería un proceso circular.

—Yo me disuelvo en la taza de café con leche o en el cappuccino o en cualquier otro café —dice, y me da unos golpecitos en el pecho con los nudillos— a la vez que bebo de ese mismo café y eso genera una especie de movimiento perpetuo.

—Un movimiento perpetuo y siempre en la misma cafetería: ¿pero cuál cafetería?

—¡Es lo mismo! —A falta de un taco de madera, Rodríguez me da ahora con los nudillos en la frente pero no deja de caminar—: ¿No lo entiendes? Para mí es lo mismo una cafetería que otra porque todas las cafeterías son una misma cafetería y una cafetería es todas las cafeterías. Esto no quiere decir que todas las cafeterías sean iguales. ¡Por aquí!

Yo no estoy tan seguro de que todas las cafeterías sean la misma cafetería y mi obligación es decírselo a Rodríguez cuanto antes. Lo que yo creo —lo que yo he aprendido en todo este tiempo— es que cada cafetería tiene dentro una idea y, de hecho, en cada cafetería coreana, a uno y otro lado de la cristalera, late un concepto que por medio de distintos artificios —una silla de enea o una luz indirecta, una fotografía de un café de París o un disco de jazz y por supuesto un nombre y unas cuantas frases serigrafiadas en la cristalera— se intenta trasladar al cliente, lo cual no siempre se consigue, y a veces por las calles y plazas de las ciudades de Corea, suspendidas entre partículas de monóxido de carbono y miasmas de comida para llevar, flotan todas estas ideas y sensaciones buscando un destinatario que no está, o que ha pasado de largo. Estas son algunas de esas ideas: confort, calidad, estilo, hogar, autenticidad, Francia, Italia, Europa, América, elegancia, prestigio y clase: «¡Usted tiene clase!, ¡no permita que le digan lo contrario!».

—Todo eso son representaciones distintas de una misma cosa.

Como cabía esperar, no consigo que Rodríguez me explique cuál es esa misma cosa, dado que «no puede ser nombrada» —«corta el rollo, Rodríguez»— pero veo que la conversación se está elevando demasiado y, ante el riesgo de quedar fuera de juego, pongo sobre la mesa la cuestión de la superabundancia de cafeterías occidentalizantes en Corea, un asunto con el cual me siento cómodo y sobre el cual me he informado aunque todo lo que he aprendido se puede resumir en unas pocas palabras: si el negocio sigue creciendo como hasta ahora, muy pronto el país entero será una gran cafetería franquicia que se podrá distinguir desde los satélites o incluso desde la luna, igual que la Muralla China, y, de hecho, las autoridades coreanas, ya sea porque consideran que son demasiadas ideas (o demasiadas «representaciones distintas de una misma cosa») flotando en el éter sin provecho de nadie o porque adivinan un colapso comercial —ciudades donde solo habría cafés franquicia, alguna que otra tienda de cosméticos y marquesinas— han prohibido la apertura de nuevos locales de grandes cadenas como Caffé Bene, Paris Baguette, Angel-in-us Coffee o Starbucks a menos de quinientos metros de otro local ya existente de la misma compañía. Pero es obvio que esta ley no ha tenido efectos retroactivos y el resultado es que, ciertamente, se puede conocer el mundo de las cafeterías franquiciadas sin salir de algunos barrios de Seúl, por ejemplo Myeongdong, porque están todas allí, en un radio de quinientos metros, y alguna de ellas está dos o tres veces:

—Una vez que comprendes que son todas una, dejas de pensar que son demasiadas.

La conversación es enriquecedora, aunque a veces pienso que Rodríguez es una de esas personas que tienen las cosas demasiado claras, y el paseo es agradable (Rodríguez camina por Myeongdong con aires de alcalde pedáneo, saluda con el brazo a gente que no siempre le devuelve el saludo y aporta información no solicitada: «En este café los sándwiches son muy baratos», «En este otro se puso de parto una señora», «Aquí vienen muchos novios») pero yo no pierdo de vista un hecho: el paradigma de la pensacción y la posibilidad de que Rodríguez se disuelva en una taza de café con leche. Pasa por mi cabeza la idea de preguntarle si aguarda alguna señal para proceder a su autodisolución pero no quiero que piense que lo confundo con un lunático. No creo que sea ningún lunático, a lo mejor es alguien que ha visto la luz (una LUZ verdadera), o un santo: san Rodríguez. Tampoco quiero que me tome por un entrevistador débil, no tengo miedo a nada que me pueda decir ni a nada de lo que pueda hacer. No estoy aquí para evitar su autodisolución, así que le propongo que tomemos un café en una cafetería cualquiera y como no quiero que me tome el pelo otra vez, en lugar de preguntarle en qué cafetería deberíamos tomarnos ese café, me apresuro a empujar la puerta de la primera que nos sale al paso y entramos en Caffé Bene.

—*Life is bene* —dice Rodríguez.

Pedimos un cappuccino y un espresso y nos acomodamos en un par de butacas de mimbre. Se oye el alegre tintineo de un empleado que cuenta monedas sobre la caja registradora y como fondo de este tintineo suena el arrullo de una gran dama del jazz no identificada. Hay dos chicos jóvenes que cambian frases en inglés y que con toda seguridad preparan la prueba oral de un examen de idiomas: «Ahora yo pregunto, ahora tú me preguntas a mí: ¿cuánto tardas en llegar a la universidad?». Hay un grupo de cuatro chicas coreanas y una chica con medio velo, probablemente india, o pakistaní, que tiene la nariz redonda y habla un inglés muy depurado: una estudiante de algún programa de intercambio o la hija de un cónsul. Hay unas cristaleras enormes que dan a la calle pero también hay un patio interior con una terraza flotante y un cerezo estallado en florecillas blancas. Rodríguez no hace ningún caso al paisaje ambiente y mira hacia su cappuccino con detenimiento y me pregunto si ha decidido por fin proceder a su autodisolución. A lo mejor soy yo la señal que estaba esperando, a lo mejor pretende que nos autodisolvamos juntos dado que emitimos en la misma longitud de onda. Todas estas dudas se esfuman, igual que el aire de un neumático pinchado, en el momento en que Rodríguez dice:

—Los mostradores de Caffé Bene son muy altos y eso le quita calidez a la relación con el cliente.

Entonces me parece que todo ha sido una gran broma y comprendo que este Rodríguez se ha divertido a mi costa.

—Rodríguez, Rodríguez.

—Hablé con el mismísimo Kim Sun-kwon, el CEO de Caffé Bene, y se lo dije. Le dije: «Kim, los mostradores son demasiado altos».

Uno de los dos jóvenes que prepara la prueba oral del examen de Inglés se levanta, recoge sus cosas, se mete dentro de una chaqueta sport con logotipos de la Universidad Nacional de Seúl y se marcha. El otro deja pasar dos minutos y luego hace lo mismo —misma chaqueta sport, misma universidad—, lo cual demuestra que el segundo —el que enseñaba— ha cobrado un dinero por esas lecciones.

—¿De verdad hablaste con el CEO de Caffé Bene? Eso no es cualquier cosa.

Entra una mujer con la melena redonda y teñida de color caoba y compra un trozo de tarta de chocolate y ocupa una mesa cerca del mostrador mientras espera a que su caramel macchiato esté listo y luego sale al patio y se instala en una de las mesas que hay en la terraza flotante, bajo el cerezo, y se enciende un cigarro y empieza a soltar humo por la boca y por la nariz y ese humo se confunde, o se funde, con la masa floral del cerezo y durante un buen rato esta mujer y su melena redonda, pero también su trozo de tarta y su café caramel macchiato y su cigarrillo, permanecen orlados por una franja de florecillas blancas y se hace imposible no pensar en una horrible y encantadora felicitación de Navidad y en un portal de Belén nimbado de nieve.

—Parece una felicitación de Navidad —dice Rodríguez.

Definitivamente: misma longitud de onda. En unos meses (el día menos pensado) se sustanciará la Navidad aquí en Myeongdong y durante ese tiempo algunas funciones vitales, como por ejemplo preocuparse por las cosas y pensar en el porvenir o en cerrar contratos —Rodríguez dice que en realidad está a punto de firmar un precontrato con el CEO de Caffé Bene, la pelota está ahora en el tejado del señor Kim Sun-kwon—, permanecerán en suspenso, flotando por encima de la gente y sin llegar a abatirse sobre sus cabezas. La idea de un invierno en Myeongdong —ahora estamos hablando de Myeongdong y no del resto del mundo—, en compañía de Rodríguez, los dos ateridos de frío y rodeados de dificultades, resulta tan excitante que me tiemblan los párpados, y veo que también a Rodríguez le tiemblan los párpados y, de hecho, me ha parecido escuchar un crujido en el interior de su cerebro.

—¿Un precontrato con Caffé Bene? ¡Eso no es cualquier cosa, Rodríguez!

FERNÁNDEZ EN EL CENTRO DE FERNÁNDEZ

Fernández, Matthew y unos cuantos profesores del Centro de Inmersión Lingüística de Samsung entre los que no se contaba Stacy —«Yo no quiero saber nada, el Cumpleaños de Buda es casi tan aburrido como el Mardi Gras»— se metieron en un autobús con dirección a Seúl y atravesaron dos provincias y siguieron el curso de unos cuantos ríos y el barrio de Dondaemung, en Seúl, era una fiesta de faroles de papel y un río de creyentes nada solemnes y de gente que pasaba por allí. Tardaron diez minutos en salir de la estación de autobuses. Fernández pensó: «Voy a separarme del grupo, voy a desaparecer en medio de toda esta gente y nadie va a notar nada», y cuando aún no había terminado de pensarlo, Fernández ya estaba rodeado de desconocidos y miraba los desfiles, por ejemplo una carroza que despedía los acordes de un foxtrot, y pensó: «Oh, esto no debería terminar nunca», y pasó por su lado un grupo de turistas occidentales cuyo líder se expresaba por medio de un silbato. Fernández, ante la sensación de que el pecho se le dilataba, apretó fuerte el tirador de su maleta trolley y echó a andar. Enseguida pensó que el trolley era una carga muy pesada sobre sus hombros y cuando no había terminado de pensar en lo conveniente que resultaría perder la maleta y caminar con las manos en los bolsillos, ya había perdido la maleta pero enseguida tuvo que sacar las manos de los bolsillos porque una agitadora y propagandista budista le entregó el folleto de una campaña pro-esvástica. La esvástica era un símbolo budista y los budistas estaban hartos de que los relacionasen a ellos y a sus símbolos con los nazis y sus atrocidades. En el folleto había un gran muestrario de esvásticas, con lo que se pretendía explicar la hondísima tradición de la esvástica a lo largo del tiempo en las distintas culturas. Había incluso una esvástica judía, metida dentro de una estrella de David.

—¡Estás aquí! —Matthew le agarró del brazo y le arrancó el folleto de la campaña pro-esvástica de las manos.

—Bueno, yo siempre estoy aquí —dijo Fernández, y acto seguido se dio la vuelta y se metió en un centro comercial de ocho pisos donde la gente manoseaba ropa que no iba a comprar y entraba y salía de los cafés y los restaurantes.

A medida que Fernández ascendía por las escaleras mecánicas, la imagen de Matthew —su cara de australiano picada de viruelas— y otras imágenes, como por ejemplo la de la profesora Stacy desnuda y sentada sobre sus rodillas —las rodillas de Fernández— en la postura del loto, se iban desdibujando y otra vez volvió a pensar: «Oh, esto no debería terminar nunca» y cuando ya había llegado a la última planta se dijo: «Ahora lo único que puedo hacer es bajar». Así que Fernández bajó, y salió del centro comercial y se quedó un rato mirando el cielo y luego empezó a andar con las manos en los bolsillos, avanzaba a grandes zancadas sobre una alfombra de guirnaldas aplastadas. Se entregó a un callejeo febril, se abrió paso a través de un barrio vagamente residencial, de cielos altos y esmaltados, y dio con sus huesos en una tienda de la cadena Office Depot y pasó un rato atento a los movimientos de un cura protestante que cotejaba precios de papel para impresora. Todo esto —el cura protestante, el material de oficina, el reencuentro con la vida verdadera y esencial— produjo una gran bolsa de placidez en el pecho de Fernández, que salió a la calle y caminó hacia Myeongdong como si hubieran transcurrido varios siglos. Pasó junto a un café cualquiera y el aroma avasallador de la auténtica bollería casi le hace estallar las fosas nasales y durante unos segundos no fue capaz de pensar en otra cosa que en sí mismo y en la concatenación —cósmica— de pequeños acontecimientos que lo había llevado hasta la puerta de ese pequeño café, y cuando quiso darse cuenta ya estaba dentro de ese café y ya se había acomodado en una silla de mimbre y había apoyado la nuca contra una pared de papel pintado y pensaba: «Un momento. ¿Qué es esto?, ¿qué es todo esto?».

Índice

༄

1. Lee Jae Eun, una chica ocupada 11

Fernández en el centro del mundo 19

2. Café para todos o la redistribución del lujo 25

Fernández y el mar (Amarillo) 37

3. Hongdae, un barrio enrollado: ¿hasta cuándo? 41

Fernández regresa a la Guerra Fría 53

4. Se venden perros, peces y gallinas (en la parada
de autobús) 57

Fernández en lo alto de una colina 65

5. Hot & Cool Coffeeshop o la vida difícil de un
actor sin frase 71

Un crujido en la cabeza de Fernández 85

6. Rogers y Hammerstein reestrenan en Itaewon 91

Fernández en el laberinto consular 99

7. El bollo de leche más vendido del mundo 105

Fernández conoce a James Huh 113

8. «¿Qué coño es un barista? ¡Yo soy un barista!» 117

Fernández merodea por Wonju 131

9. 1975 139

«*I'm Fernández*» 145

10. La cultura del mostrador o la disolución del yo
(en una taza de café con leche) 153

Fernández en el centro de Fernández 165